Jane Tutikian

A cor do azul

Ilustrações: Saulo Garroux/David Garroux

22ª edição

PRÊMIO JABUTI
DE LITERATURA JUVENIL
1984

Atual Editora

Série Entre Linhas

Editor • Henrique Félix
Assistente editorial • Jacqueline F. de Barros
Preparação de texto • Lúcia Leal Ferreira
Revisão • Pedro Cunha Jr. e Lilian Semenichin (coords.)/Marcelo Zanon/Edilene Martins dos Santos

Gerente de arte • Nair de Medeiros Barbosa
Supervisão de arte • Marco Aurélio Sismotto
Diagramação • Setsumi Sinzato
Projeto gráfico de capa e miolo • Homem de Melo & Troia Design

Suplemento de leitura e projeto de trabalho interdisciplinar • Liliana Olivan

Impressão e acabamento • Log&Print Gráfica, Dados Variáveis e Logística S.A.
OP: 292002

Dados Internacionais de Catalogação na Publicação (CIP)

Tutikian, Jane
A cor do azul / Jane Tutikian ; ilustrações Saulo Garroux. — São Paulo : Atual, 2009. — (Coleção Entre Linhas: Cotidiano)

Inclui roteiro de leitura.
ISBN 978-85-357-0408-2

1. Literatura infantojuvenil I. Garroux, Saulo. II. Título. III. Série.

CDD-028.5

Índices para catálogo sistemático:

1. Literatura infantojuvenil 028.5
2. Literatura juvenil 028.5

SARAIVA Educação S.A.
Avenida das Nações Unidas, 7221 – Pinheiros
CEP 05425-902 – São Paulo – SP – Tel.: (0xx11) 4003-3061
www.coletivoleitor.com.br
atendimento@aticascipione.com.br

CL: 810409
CAE: 602649

9ª tiragem / 2025

“Ninguém te poderá ensinar a viver, esta aprendizagem, esta ciência e esta arte é sempre uma conquista pessoal. Valoriza o bom e o belo e vibra, sempre, com tudo o que existe de sentimento e emoção na beleza de viver plena, autêntica e profundamente no ritmo constante do amor.”

Sarah Iankilevich (agosto de 1967)

Para vovó Etelvina,
verdade de um antigo sonho.

Sumário

Invasores vermelhos

Ora, aquele era, sem dúvida, o maior presente! Os homens de terno vermelho examinavam o terreno do estacionamento, gesticulavam, incessantemente, gesticulavam, mediam, caminhavam de um lado para outro, e seu João atrás deles, sem nenhuma palavra, amarelo, franzino, imberbe, absolutamente indecifrável.

De longe, houve quem pensasse que comprariam o terreno e aí começaria o fim do fim. Sobretudo as mulheres, amparadas por suas portas, eram as que mais padeciam da expectativa: eram feitas de respiração e olhos curiosos. Fosse vendido o terreno e começariam todos a perder os anos já perdidos de suas vidas e, o pior: a esperança na crença de que, um dia, tudo poderia melhorar.

•

Bastava levantar os olhos para que se percebesse o perigo já tão próximo. Rapidamente a rua começava a ficar ilhada por imponentes edifícios – malditas aspirações petrificadas de cada uma das trinta famílias.

Infeliz? Não. Não que fôssemos infelizes, a ruazinha estreita, de pequenas casas coladas, sem cor e sem números, só às vezes se lembrava do mundo: quando percebia, à sua boca, a passagem de ônibus, carros e carroças desencorajados de cruzá-la.

Para uns, ela era apenas um beco. Para outros, os vendedores entre eles, ela não existia. Na verdade, só passavam por lá, desde que seu João adoeceu e terminou com o estacionamento, a carroça do padeiro que, ainda madrugadinha, jogava o pão pelas janelas entreabertas (quem roubaria o quê? de nós?) e a do português, um verdureiro gordo, esparramado, de quem a gente roubava vergamotas. Bem que ele sabia, mas sorria de um sorriso bonachão e continuava caminhando mole, cansado.

É, só para nós a rua era a *Avenida*, só para nós significava tanto ou quase tudo. Era o nosso mundo, afinal!

Não. Nada abstrato nem poético ou qualquer coisa assim. Era o nosso chão, o que tínhamos e o que apenas sonhávamos havíamos plantado ali.

Claro! Algumas vezes sentíamos vergonha da nossa pobreza, porque algumas vezes se sente vergonha de não se ter mais. Muitas e muitas vezes peguei minha mãe chorando, agarrada ao ferro. Ela resumia tudo o que achava que eu não podia entender em apenas duas palavras: muito calor... E eu aceitava, mesmo sabendo que o um pouco melhor era sempre mais caro e o sempre, sempre impossível, aceitava com uma dor na garganta, mas optara, desde pequena, por ser forte e presa a ela como o filhote que se alimenta do cheiro da mãe, disfarçava e disfarçávamos o que, pelo menos naquela hora, parecia tão sem solução.

Geralmente as mães costumavam dividir os problemas entre si e, de tudo, apenas captávamos meias palavras, mas havia, sempre, aquela que não se continha e passava adiante, como um telefone sem fio, e logo, logo, toda a rua ficava sabendo de tudo sobre a vida de cada um.

Dona Glória, do 47, pregava com ar filosófico e profético de bruxa experiente:

– Quem conta um conto aumenta um ponto.

E aumentava.

Amizade? Existia, sim, e, dentro dela, uma espécie de consciência de que, se se dividisse a pobreza, poder-se-ia transformá-la, senão em fartura, pelo menos em variedade. E era gostoso.

Vizinhávamos as roupas – as que iam ficando pequenas – e até a comida – eram panelas e pratos que iam e vinham cheios de coisas diferentes, ia feijão, voltava abóbora, ia sopa, voltavam bolinhos de arroz – para, depois do almoço, sentarmos nas portas e calçadas, aproveitando o calor triste do sol de inverno, e comermos as laranjas de umbigo e as vergamotas do portuga.

As mães aproveitavam para falar dos planos que tinham para os filhos, e nos olhos emocionados havia sempre uma aposta, vaga e melancólica, num quem sabe?, doutor... que só quem está bem de vida, hoje em dia, é doutor...

E nós brincávamos indiferentes a todas essas preocupações. Éramos felizes a nosso modo, mas felizes. Eu?

Não. Não posso dizer que não houvesse brigas, havia e muitas. E delas, invariavelmente, eu fazia parte. Cabelos muito curtos, escondendo os odiosos crespos, roupa suja, pés descalços, rosto melado das guloseimas roubadas do armazém do seu Isaac – também! ele deixava ali, na ponta do balcão, tão pertinho, tão caro, tão irresistível, tão dificilmente fácil –, as mãos na cintura, e a voz rouca de botar a boca no mundo, tentando sustentar as razões em uma enfiada de desaforos. Mãe nenhuma escapava. Filho nenhum me ganhava. Mas era o meu jeito e o meu mundo e tão somente onde, apesar, era compreendida nas minhas implicâncias, nas minhas tantas intolerâncias, na minha secreta (secreta até quando?) luta de uma infância que tentava permanecer num corpo em que a adolescência insistia em chegar.

Quem cai fora és tu
Cara de tatu.

Agora, tudo começava a ser ameaçado. Como é que poucas pessoas podem mudar o destino de muitas pessoas? assim? num dia qualquer assim?? de tarde assim??? Quem perguntou se eu queria? Quem perguntou se nós queríamos? Quem???

•

Seu João continuava atrás dos homens engravatados. De todas as portas e janelas saltavam olhos, cresciam ouvidos.

Dona Raquel, tropeçando no sotaque hebraico, com a esperteza da raça – na minha rua todo o mundo dizia que judeu é muito esperto – mandou que nós fôssemos brincar lá perto, talvez pudéssemos escutar alguma coisa...

Fomos.

Não sabíamos por que deveríamos escutar alguma coisa, mas fomos. Voltamos logo, ofegantes. Ouvimos sim, falavam em dinheiro.

– Quanto "dinheirrro?" Quanto "dinheirrro"? – perguntava dona Raquel quase desesperada.

Não sabíamos responder.

– Seu João nos mandou embora, mas disse que a gente pode voltar depois – explicou, sorridente, o Celso.

– Oh! E "agorrra"? E "agorrra"? – Ela carregava ainda mais nos erres quando estava nervosa.

– Agora o quê? – arrisquei.

– Eles vão "venderrr" tudo, eles vão "venderrr" a rua!

– Vendem nada! – replicou Maria da Glória. – Meu avô me disse que a rua é pública, é de todo o mundo e não é de ninguém.

Irritada, dona Raquel nos pôs de lá para fora:

– Vocês não entendem nada mesmo, nada, nada.

Aos poucos fui me dando conta do que significava aquele ar pesado de expectativa e ansiedade. Tudo poderia começar pelo estacionamento, depois uma casa, depois outra e outra ainda, e seriam todas e.

Não quis perguntar para a minha mãe se adiantava a rua ser pública, não tinha coragem de saber.

O que eu sentia, de repente, era o tamanho da descoberta que eu queria ter descoberto num outro dia, de uma outra forma: não saberia mais viver sem o Celso, o Tonho, o Inácio, a Maria da Glória e a Elisa. Tentava imaginar, mas não podia. Era pior do que a morte de uma pessoa. Era a morte de todas as pessoas num mesmo dia.

Maria da Glória veio ver se eu queria brincar de rainha, mas eu não queria, fiquei sentada na porta olhando cada gesto daqueles homens que eu começava a odiar.

Invasores que eram, chegavam sem barco e sem armas, mas vinham dispostos a dominar e a destruir tudo e a matar todos, destruindo o que era uma grande família, o que só muito mais tarde a gente saberia.

Aquele mais gordo deveria ser o pior, nem bem tinha começado a conquista, ainda nem tinha visto o sangue ou as cabeças rolando e já estava sorrindo.

Mal sabia se conseguiria sobreviver à invasão, como poderia pensar em salvar Pupi?

Também, para ela, nada contava mesmo. Garanto que nem sabia que eu estava triste e odiando. Ficava lá dentro, apenas deitada na sua vidinha de boneca. Se ela pudesse saber que isso me deixa mais só ainda!... Mas para que ela soubesse, eu teria de fazer de conta que e terminaria dizendo a mim mesma. Não se pode ser mais só do que só. Amargo esse primeiro gosto de solidão.

Eles entraram no escritório que o seu João já nem usava mais e ficaram lá ainda por algum tempo.

Depois, saíram sorridentes, seu João também sorria, apertaram-se as mãos. O negócio estava definitivamente fechado.

Estávamos definitivamente perdidos.

Eu já começava a perder a respiração – perco-a sempre, diante do irremediável – e continuei sentada, imóvel, tentando não pensar, como se fosse possível. Minha mãe diz, sempre, que pensar é a forma de Deus manter o domínio sobre os homens.

Os homens foram embora e seu João entrou.

Pensei que alguém correria para lá a fim de saber o que eles queriam, mas muito mais fácil era esperar. Aguentar a dor que vem, a gente aguenta, sim, mas ir buscá-la lá, naquele exato lugar em que ela se guarda, quem arrisca e se arrisca tanto?

Eles foram acompanhados por todos os olhos e ouvidos até a esquina. Desapareceram.

Depois, depois a interrogação permaneceu – era uma interrogação barulhenta: alguns diziam que aquilo era ilegal e não poderiam botar a gente assim para a rua, assim sem mais nem menos, têm que dar um tempo de, no mínimo, seis meses, já li isso em algum lugar, senão vou querer que me indenizem, são vinte anos, vinte anos! Outros, mais assustados, se perguntavam, incessantemente, se perguntavam – e agora? o que vai ser de nós? para onde é que nós vamos? hem? e agora? e?. Outros, ainda, colocavam tudo nas mãos de Deus. Amém.

Queria dizer amém, mas quem garantiria que não havia sido Ele a mandar os homens de vermelho?

Minha mãe me adivinhou, como sempre, e me olhou me repreendendo.

Eu digo:

– Seja feita a Vossa vontade assim na Terra como no Céu. Amém. Mas de noite a gente conversa sobre isso. Amém.

•

Havia, sim, curiosidade entre as crianças, porém não havia mais o medo.

Juramos que estaríamos sempre juntos em pensamento e quando crescêssemos nos veríamos sempre e, se preciso fosse, nos uniríamos até na morte e, antes que o primeiro se mudasse, cortaríamos a ponta do polegar e colaríamos os dedos e os nossos sangues se misturariam e seríamos irmãos e. O sangue de Celso era, decerto, muito mais escuro, ele era preto...

•

Já naquela época tinha dificuldade de me dar por vencida sem, pelo menos, antes, haver lutado, mesmo porque as maiores armas ainda não me haviam sido tiradas: a ingenuidade e a franqueza.

Propus-lhes, entre uma respiração e outra:

– E... se nós pedíssemos para ele não vender?

– Acho que não adianta – debochou Tonho, com o corpo todo estirado na calçada e os braços cruzados na nuca.

– Eu vou – retruquei braba.

Fomos todos.

A noite começava a cair e o estacionamento era tão mal iluminado que a cada sombra seríamos devorados por um monstro disforme.

Passamos pelo galpão. Paramos à porta da casa.

Tudo tão triste. Tão úmido. Tão escuro. Por que a casa da gente sempre se parece tanto com a gente?

– Quem vai falar?

– Ah! Eu não.

– Eu também não!

– Nem eu.

– Falamos todos e pronto!

Celso bateu na porta.

Meu coração disparara. Se fosse em campo aberto, jamais o traria de volta.

Seu João abriu a porta, ele estava cada vez mais magro, mais amarelo e triste. Dizem que ficou assim depois que dona Neusa morreu. "De saudade se morre", ouvi a dona Glória dizer, um dia.

Perguntou se queríamos entrar.

Entramos.

Ele era como uma parte da casa. Não sei bem qual, mas uma parte sem movimento, talvez a orelha, talvez a telha velha e rachada.

Perguntou se queríamos sentar.

Não queríamos.

E como se ficássemos mudos na sua frente e tremêssemos tanto e tanto num ritmo totalmente desencontrado, foi ele a falar:

– Não sei exatamente o que os pais de vocês vão pensar disso, mas logo, logo, o circo estará aqui.

– O circo? – perguntamos de uma voz só.

– É... um circo. Esses senhores que estiveram aqui, hoje à tarde, estavam procurando um lugar para montar o circo, acharam que o estacionamento servia e eu aluguei o terreno para eles, por alguns dias. Espero que isso não cause grandes trans...

– Um circo de verdade? – perguntou Maria.

– De verdade – sorriu seu João.

Ele poderia continuar explicando e justificando e se desculpando que não ouviríamos.

– Um circo de verdade!

– Um circo!

Nós nos olhávamos surpresos, incrédulos, felizes... Eu queria dizer muitas coisas, mas não podia dizer muitas coisas: um circo era muito mais do que qualquer coisa que eu pudesse desejar: um circo na nossa rua! na minha rua!

•

Deixamos seu João sentado na sala, sorrindo o que não tinha terminado de dizer, sozinho.

Ninguém falava nada. Ninguém fugia do galpão pouco iluminado, ninguém tinha tempo para as sombras. Anestesiados, era o que estávamos.

Palhaços, bailarinas, leões, trapezistas em acrobacias fantásticas, tudo dançava em nossas cabeças, o globo da morte, quem vai montar o elefante?

•

Logo todos ficaram sabendo do circo. Logo todos suspiraram aliviados.

Talvez em outra época recebessem a notícia de outro modo, contrafeitos pelo barulho, pela sujeira, pelos estranhos, mas não assim, não depois de tudo.

Não era dia e já era tarde, mas dona Maria bateu de porta em porta e pediu que não dormíssemos, pediu que nos reuníssemos lá, na casa dela, não era dia, porque o dia era sempre às sextas-feiras, mas seu José foi até a Igreja do Divino e trouxe de lá a pequena santa, dentro de uma caixinha de madeira escura, pobre e frágil como nós e a colocou em cima do balcão. Acendeu duas velas, uma de cada lado, e esperou que todos chegassem e todos chegaram, até dona Raquel chegou... Depois, no meio da noite, fez o sinal da cruz e, com uma voz grave e agradecida, iniciou uma novena.

Nós?

Amontoados na varanda, nós rezamos juntos, entre grandes e pequenos, rezamos por coisas diferentes, mas juntos. O circo.

A certeza do sonho

Os dias que antecederam a chegada do circo não foram vividos. Foram imaginados.

O que a espera é capaz de fazer com as pessoas!

É bem capaz de fazer *ser* o que nem sequer teve chance de ser ainda.

O desejo verdadeiro, aquele mais profundo, que atravessa a vida e rompe a lógica, só ele pode antecipar o futuro e duplicar o presente numa ação e repetição constantes. Não. Repetir não é fazer ou acontecer de novo: é ser novo e único uma outra vez.

E o futuro mesmo? De dentro de seus mistérios de cabeças de santos e cantos e cheiro de defumação, no empoeirado 47, no desencontro de todos os tempos, dona Glória tinha razão:

– Quem quer saber do futuro, quer tomar o lugar de Deus.

Perderíamos, por algum tempo, o estacionamento do seu João: o terreno largo, de areia vermelha, cortado por duas rampas que abrigavam tudo o que queríamos ser: reis e rainhas e mocinhos e índios e. Mas quem se importava, agora, com isso?

•

A última brincadeira era a da Branca de Neve. Tínhamos visto o desenho no cinema, de graça.

Foi num domingo, ficamos esperando que as pessoas todas, que estavam na fila, entrassem e, quando não havia mais ninguém, lá fora, cheguei de mansinho e pedi ao porteiro para beber água lá dentro, ele deixou.

– Meus amigos também?

– Hum... Bem ligeiro, hem?

Entramos os seis, pés descalços, ranhentos, sujos, mas num prazer quase físico de quem engana e ganha.

Não havia sido a primeira vez que tinha acontecido assim, mas o prazer, a cada vez, era maior.

Na saída, nos enrolávamos às pessoas que nos olhavam desconfiadas, como se fosse preciso fugir do porteiro, como se ele não soubesse que tínhamos ficado lá dentro, como se ele não soubesse que. A fuga era uma nova emoção.

•

Branca de Neve eu sempre queria ser. Por quê? Ora! Porque era bonita e tinha virado rainha com príncipe, sete anões e tudo. E depois, a mim, a bruxa não enganaria.

Conhecia muito bem a dona Glória. Ela povoava os meus medos, bem como aqueles homens que saíam de lá, da sua casa, com pacotes e rostos pesados e saíam ligeiro, sem olhar para os lados, ligeiro sumiam.

Algumas vezes, ela abria uma fresta da porta e junto à fumaça fugia sua cabeça de negra, de índia, de cigana. Sorria quando nós, crianças, estávamos por perto.

Algumas vezes abanava um abano a que respondíamos com medo.

A porta fechava e o encanto crescia.

Chegamos a pensar que havia tesouros lá dentro e, nos dias mais misteriosos, acreditamos em cobras, lagartos, baratas e bruxa.

Nesses dias, antes de passar pela porta do 47, dávamos três passos para trás, batíamos três vezes na sola do sapato – azar o meu que vivia de pés descalços! –, fazíamos três sinais, pequenos, da cruz – que três pequenos deviam valer mais do que um grande – e passávamos correndo. Mas.

Eu nunca ia só. Maria batia seis vezes na sola do sapato: três das batidas eram por mim e o Tonho, que tinha as pernas compridas, corria na frente, se acontecesse alguma coisa, ele tinha tempo de ir e voltar. A quê? Não sei... Não era o mais importante, importante era estar a salvo.

Não comia o bolo que a dona Glória mandava, por que haveria de comer a maçã da bruxa?

E, então, Elisa e Maria também queriam ser Branca de Neve; Tonho, Celso e Inácio achavam que eu devia comer maçã para não estragar a história, e, estragando a história, brigávamos.

Só parávamos de discutir quando alguém chamava alguém. Quem tinha de trabalhar, ia... quem tinha de ir para o Grupo Escolar, ia...

•

A verdade é que o estacionamento do seu João era o avesso da nossa vida e, talvez por isso, o mais bonito dela.

Ali criávamos e montávamos e desmontávamos e criávamos diferente e montávamos e, como um grande jogo azul de blocos de madeira, em que as peças se encaixam conforme planejamos, sem ficar nada em falso, a nossa própria realidade.

Por que, agora, os blocos me escapam? Talvez minha capacidade de trocar o querer pelo ser tenha se perdido lá, na areia vermelha, no meio das rampas do estacionamento. Quem se importa com isso?

Quem se importava em perdê-lo por algum tempo? Sobretudo agora que, não sei por que dádiva dos deuses ou por que concessão dos diabos, chegaria, ali, um circo.

•

Sentadas, as três, na borda da calçada, planejávamos tudo.

Indiscutível o fato de que assistiríamos a todas as sessões. Maria da Glória faria longos cachos nos seus cabelos dourados e usaria o vestido branco do aniversário. Elisa usaria rabo de cavalo e não sabia, ainda, bem a roupa que poria. Quanto a mim, só poderia tentar pentear o toco, que me sobrava, de cabelo para o lado e pediria à minha mãe que me fizesse um vestido lindo, e compraria um par de sapatos novos que os meus tênis já estavam furando no dedão e eu até queria uma bolsa e. Dona Margarida havia dito, na aula, que, em nenhum lugar, uma moça vai à privada assim, sem bolsa. Queria que a minha bolsa fosse azul. Haveria crianças trabalhando no circo?

Maria da Glória já tinha visto um em que duas crianças trabalhavam. Elas vinham de pé, em cima dos cavalos, pulavam, sentavam, viravam de cabeça para baixo e não caíam!

Isso, pedíamos que ela contasse e recontasse várias vezes, mil vezes, o necessário para a medida do nosso sonho.

– Elas vinham de pé, em cima dos cavalos, pulavam, sentavam, viravam de cabeça para baixo e não caíam!

– Elas vinham... – E de repente eu vinha... No escuro, apenas uma luz azul, forte e redonda focalizava a porta e eu entrava, em meio a aplausos, sorrisos, invejas, eu entrava, respiração difícil, toda vestida de dourado em cima de um cavalo branco. Pulava, sentava, ficava em um só pé, enquanto o outro, no ar, dançava uma música suave que os meus braços acompanhavam.

Era leve como uma delicada borboleta.

O cavalo sorria meu amigo e, entre cada salto, eu o acarinhava. Como poderia ser artista se não contasse com ele? Era como Zorro com Silver, Rusty com Rin-tin-tin...

Era um cavalo bonito, imponente, majestoso, muito diferente do cavalo do português, que, magro, vivia babando escondido, bobo, naquelas horríveis viseiras. Seu nome era Reno. Reno corria, pulava, fazia brilhar, mais ainda, fazia brilhar os seus arreios de prata, e eu lá em cima... Brilhávamos juntos, enquanto as outras crianças aplaudiam e gritavam e invejavam, alucinadas pela luz, pela música, pelo encanto.

Minha mãe chamou para o almoço.

•

Não quis almoçar.

– Algum problema, filha? – ela perguntou preocupada. Só um problema grave me faria deixar de comer.

– Não é nada, não. Não tenho fome.

– Aconteceu alguma coisa?

– Hum... Hum... – Acenei a cabeça em não.

– Fizeste os temas?

– Ih! Esqueci!

– Mas, afinal, o que é que há?

– Não sei, mãe. Nada.

– O circo?

– Acho que é. – Era. Não conseguia, como Celso não conseguia, como Maria da Glória não conseguia, como ninguém mais conseguia pensar em outra coisa que não fosse o circo.

– Escuta – ela se chegou com calma –, a vida não pode parar por causa de um circo, a gente tem obrigações e as obrigações continuam quer o circo venha, quer o circo não venha. O que é que tu vais dizer para tua professora?

– Desculpa, mãe. Eu não sei o que eu vou dizer...

Dona Margarida jamais entenderia que tudo o que eu jamais pensei de bom estava tão próximo de mim, tão palpável, tão fascinante. Comecei a chorar. Ela veio sentar ao meu lado.

•

Minha mãe era uma mulher forte. Não era muito de brigar, preferia a conversa e vinha com uma voz calma que torturava: uma voz que penetrava na consciência da gente. Gostava dela. Gostava infinitamente, mais do que de qualquer outra pessoa no mundo.

Era ainda pequena, quando meu pai nos deixou, mas suficientemente grande para perceber a transformação que se operara nela. Ficou muito mais triste e muito mais cansada. Ficou feia. Trocou o tempo que tinha para arrumar a casa e se arrumar e ficar comigo e todas aquelas coisas de todas as outras mães por um ferro de passar roupas.

Todos os dias, a camionete da fábrica parava, lá na esquina, e o seu Nico subia a rua com caixas e caixas de camisas para passar.

No começo, ela chorava muito e tinha a mão direita enrolada num pano por causa das bolhas. Depois, como tudo, acostumou, mesmo porque não encontraria emprego melhor, e acostumamos. Mas aprendemos que só tínhamos uma à outra e isso nos aproximou muito, nos aproximou tudo, conhecíamo-nos pelos olhos nas nossas reações mais imediatas. Nas outras, não tanto. Também, às vezes, até as palavras são insuficientes, para elas...

Um dia, é verdade, chegou a pensar que eu poderia estar melhor num internato e que as freiras saberiam me educar melhor do que ela poderia, mas havia nela, graças a Deus que havia, uma consciência muito arraigada do que significava ser mãe e, presa a mim como a mais brava das águias aos seus filhotes, lutaria por mim e me ensinaria as garras afiadas, os olhos faiscantes, as asas largas até o voo, se preciso fosse. Desistiu. E pelo quanto foi bom haver desistido, cada erro meu me era muito maior do que realmente havia sido. Por isso comecei a chorar e, sabe lá quem?, talvez por isso ela tenha chorado junto.

Me abraçou, mandou que vestisse o guarda-pó e lá fui eu para o Grupo.

– Quem joga a isca deve aprender, também, a puxar o peixe – teria dito dona Glória.

•

Desta vez, o peixe foi feito de muitas, odiosas, plenas de olhares rancorosos e medos, cópias:

Devo fazer os temas todos os dias.

Devo fazer os temas todos os dias.

Devo fazer os temas todos os dias.

Devo fazer os temas todos os dias.

Devo fazer os temas todos os dias. Infindáveis:

Devo fazer os temas todos os dias.

Havia, entre nós, alguma coisa, além de mim e da minha vontade, que me dizia, todos os dias, jamais nos entenderemos. E dona Margarida, escondida atrás de grossas lentes escuras, me repetia, todos os dias, jamais.

O que será que afasta as pessoas de mim? Serei eu? Houve dias, como este, em que quis, com todas as minhas forças, quis que ela morresse.

•

Cedo começou o movimento. Caminhões enormes e enferrujadíssimos iam invadindo lentamente a rua apertada.

Um homem vinha à frente e gritava, quase rouco:

– Mais para a direita.

– Mais para a esquerda.

– Aí.

– Está bom.

Acordei com seus gritos e adivinhei que. Assustada, meu coração disparou. Havia em tudo um barulho de ferros enferrujados que se buscavam e se tocavam e se afiavam e gemiam.

Fiquei, ainda, algum tempo na cama, os olhos pregados no teto, no nada, a respiração difícil, apenas ouvindo. Meu coração ouvia comigo. Ficamos assim:

(

...) Pensava que, quando chegasse este dia, correria para a porta e assistiria a tudo. Mas. Não fiz. Fiquei na cama, os olhos pregados no teto, no nada, a respiração difícil, apenas ouvindo – quanto mais demorasse, mais penetrariam em mim todos os barulhos e, misturadas aos sonhos, todas as sensações, assim, guardaria mais tudo, assim, tudo duraria muito mais.

Minha mãe entrou no quarto e no meu pensamento:

– Filha, acorda! Eles chegaram. O circo chegou!

– Eu sei – respondi impassível, como se tudo pudesse, alguma vez, significar nada.

Ela me olhou surpreendida:

– Tu não vais levantar?

– Não, mãe.

– Tu não vais ver o circo chegar?

– Depois, mãe, depois.

Ela se aproximou, colocou a mão sobre a minha testa, verificou meu pescoço e as minhas mãos como para se certificar de que eu estava bem.

– Dor de garganta?

– Não.

– Muito cansada?

Às vezes fico pensando por que as pessoas têm que ter, sempre, uma razão explicável ou, pelo menos, imediata para tudo. E ela pensou que eu estivesse mesmo muito cansada e porque a explicação servia, concordei:

– Hum. Hum. – Até encenei um bocejo exagerado.

Ela saiu. Puxou a cortina floreada que separava nossas camas da sala, para que a claridade não me incomodasse e, do outro lado, ainda me disse, carinhosa:

– Descansa, filha, descansa.

Tive remorso. Era assim a minha vida: vivia pulando do já feito para o arrependimento. Mas. Pularia de novo e sempre. Era o meu incorrigível.

Na verdade, nada me deixava mais cansada do que aquela montanha de emoções que me invadia e me dava frio no estômago e uma vontade de vomitar e me chamava a asma.

Quando os barulhos dos ferros pararam, meu coração parou também, queria, então, me mover, mas quem disse que conseguiria?

Os movimentos atrapalham tanto a gente quando se precisa sentir tudo!

Começaram as conversas e já era impossível distinguir de onde vinham. Do circo? Dos vizinhos curiosos que paravam à minha janela?

Levantei.

Pouco me lembro do banheiro, do café, da roupa. Pouco me lembro do tudo... mas de um tudo feito de lentidão – uma lentidão cósmica, de estrelas, de sóis, de luas, de vazios transbordantemente cheios.

Em tudo era acompanhada pelo olhar mudo de minha mãe. Talvez não falasse porque sabia que eu não ouviria, mas, presa ao ferro e a uma camisa branca, muito fina, não tirava os olhos de mim.

Com dificuldade cheguei à porta.

Abri.

Do lado de fora se amontoavam as pessoas, pescoços esticados, olhos curiosos, bocas que não paravam e não paravam de emitir sons absolutamente ininteligíveis.

Vez que outra uma mão subia e descia, no meio deles, em descontentamento. Vez que outra uma gargalhada cortava, estridente, cortava o barulho. O circo.

•

Lá. Ele estava lá. Por enquanto, era um círculo de caminhões velhos, enferrujados, fantasiados em tintas muito coloridas, vivificados por pessoas tão diferentes das nossas, que entravam e saíam deles como grandes formigas agitadas.

Carregavam canecas de alumínio, panelas, buscavam água lá nas torneiras que ficavam escondidas atrás das rampas e se encontravam e paravam e falavam entre si e caminhavam e paravam novamente e falavam com outra e caminhavam e paravam e. Tonteava.

Pensei que Tonho, Celso, Maria da Glória, Elisa e Inácio correriam para lá tão logo ele chegasse. Engano meu. Como eu, estavam petrificados, os olhos muito arregalados, os lábios tremendo. Sentiríamos a mesma coisa?

Isso, jamais saberia e jamais saberíamos. Se tentássemos contar, um ao outro, o que se passava lá dentro de nós, na certa, com o pensamento e com as palavras, completaríamos e alimentaríamos com inverdades o que era puro sentir.

Senti ciúmes de ter pensado. Queria sentir sozinha e aquele circo que entrara em mim, aquele único que me habitava, seria só meu. Não. Pulei de volta ao remorso. Aquele circo era nosso.

•

As pessoas começaram a sair da frente da minha casa, era a hora de ir, cada um, para o seu trabalho. Tapinhas no ombro, sorrisos, vou indo, até... Ficamos nós. Celso, Tonho, Inácio, Maria, Elisa e eu.

Queríamos dizer coisas como que bom!, que legal!, ele chegou! Mas. Não dissemos nada. Começamos a rir, rir, rir e, como se fôssemos estourar, ríamos, desesperadamente, ríamos até que Maria e Celso choraram e o choro nos foi tomando um a um.

Se dona Margarida me perguntasse, um dia, diria que riso e choro também podem ser sinônimos, basta que o motivo que leva a qualquer um deles seja único: a felicidade.

•

Logo seu Isaac apontou na esquina com gestos largos que saíam das suas, largas, roupas xadrez. Sua calvície brilhava no sol, os óculos escorriam daquele nariz de tucano.

Não conseguíamos ouvir o que ele dizia, mas, na certa, prometia descontar, do salário de Tonho, o seu atraso, "as frrregueses estão esperrrrando!"

Tonho correu, mas não sem que antes garantíssemos que não perderia nada:

– Tudo o que acontecer de diferente a gente vai lá e te conta – prometemos solidários, compactuando com sua vontade de ficar.

– Não! – gritou Inácio. – Só se para cada notícia tu nos deres um chocolate.

– Eu dou. – E saiu correndo ao encontro de seu Isaac, que gritava mais do que qualquer um de nós.

Maria também foi andando. Dona Sônia jamais viria à esquina chamar por ela, houvesse quem quer que fosse na lojinha e, depois, nem precisava. Acho que de todos nós ela era a mais responsável.

•

Criada pelos avós – o pai as abandonara logo após o nascimento e a mãe fora para São Paulo a fim de tentar uma vida melhor –, aprendera, desde cedo, que tudo o que quisesse teria de fazer por si só. E fazia. Maria até comprava suas roupas e sapatos sozinha!, quando comprava. E, no dia do aniversário, ela mesma se encarregava de fazer o bolo e servir a gente.

Algumas vezes invejei esse jeito de menina grande que às vezes assumia. Mas. Só muito mais tarde é que fui compreender que era um jeito de menina grande que ela era obrigada a assumir. A vida exige atitudes diferentes de pessoas em idade igual – é quando iniciam as marcas das nossas diferenças.

Algumas vezes tinha vontade de perguntar se já tinha ficado moça... sob a camiseta branca apareciam duas saliências pontudas e estrábicas que ela insistia em mostrar com as costas jogadas para trás, coisas que Elisa e eu ainda não tínhamos... queria saber bem como era, mas não tinha coragem, se perguntasse ela poderia rir, poderia me achar muito burra. Era mais fácil perguntar para o Celso, talvez ele já tivesse ouvido falar...

Maria se afastava, lentamente, se afastava sem olhar para o circo, sem olhar para o lado, caminhava firme e tranquila como se fosse para alguma coisa mais importante do que o circo. E era. Mas ela sabia que era?

O movimento naquela roda colorida continuava o mesmo – formigas agitadas buscando coisas e coisas, quaisquer que fossem. Como seria o inverno?

Alguns homens de macacão vermelho preparavam o fogo, entre as rampas, para assar uma carne.

•

Minha mãe chamou para o almoço e, enquanto o feijão e o arroz dançavam no meu prato, arrisquei:

– Eu não queria ir à aula hoje.

Ela fingiu que não ouvia.

– Não vai ter matéria nova – continuei – e aquelas coisas todas que a gente estudou eu já aprendi. É verdade. Aprendi tudo, a senhora quer ver? Prato é nome. Arroz é nome. Feijão é nome. Bom é qualidade.

Ela riu.

Percebi que estava ganhando terreno e continuei, ainda, com o maior cuidado:

– Comer é ação.

– E ir ao colégio? – perguntou debochada.

– Eu não queria ir hoje. Só hoje, mãe. – Havia, mais do que um pedido, súplica nos meus olhos e emoção na minha voz. – Só hoje.

Ela não resistiu. Sabia que não resistiria, aquela era uma arma muito minha e infalível: eu, jogar com o meu eu.

– Só hoje, hem?

Engoli o que ainda havia no prato, tirei a mesa ligeiro, coloquei a louça na pia e voltei para a porta.

O sol queimava os meus olhos, refletido sobre os caminhões. Tudo igual. Era ainda uma espécie de miragem em que, acreditando, queria não acreditar e que não poderia perder agora, não agora, depois de tanta espera, depois de todo o tamanho.

À tarde, Tonho, Maria da Glória e Celso foram para o Grupo, Inácio para o armazém e Elisa para a lojinha.

•

Os homens de macacão vermelho começaram a medir o terreno. De braços esticados indicavam onde e onde.

Não seria um circo grande, disso tínhamos certeza. Não havia os tão sonhados animais. Elefantes enormes como nos filmes de Tarzã. Cavalos brancos enfeitados com selas prateadas e penachos na cabeça. Não.

Havia apenas um leão que, de longe, parecia tão imensamente cansado! Não o víamos comer, não o víamos caminhar de um lado para outro na jaula, não o ouvíamos, nem sequer, rugir. Será que tinha dentes? O que faria um domador com um leão daqueles?

Havia, também, uma macaca. Uma macaca engraçada que pulava, na jaula, pulava sacudindo, faceira, como a Carmem do 57, suas roupas de mulher. Mas.

Era o maior que eu já tinha e que nós já tínhamos visto em toda a nossa vida e, mais do que tudo, era nosso.

Um circo nosso.

Participamos de tudo, cada um no seu turno, alternadamente, para que ninguém nos viesse cobrar as obrigações, para não correr o risco de nenhum castigo, alternadamente, participamos de tudo a distância: as estacas, as cordas, as lonas, as cadeiras, as arquibancadas, o tablado e a serragem.

Difícil de conter a excitação. Felicidade é respirar com esforço, não poder ficar imóvel num lugar só, nem por um espaço pequeníssimo de tempo, impossível parar de rir e um montão de expectativa.

O grande dia

Finalmente o grande dia! O sábado acordou com um alto-falante cantando música caipira que, vez que outra, era interrompida por uma voz rouca, de homem, que gritava dentro da alma e da vontade da gente:

Senhoras e senhores: venham e tragam seus filhos ao maravilhoso mundo do circo!

– É hoje, mãe!

Acordei já com o grito solto na boca. Ela entrou no quarto e se limitou ao sorriso:

– Vamos, filha, está na hora do colégio.

Levantei apressada e apressada corri ao banheiro e apressada vesti o guarda-pó.

Com meia fatia de pão dependurada da boca, ainda insisti, abafada:

– Mãe, escuta só: (

.) Escutamos

a alegria que enchia o ar. – É hoje!

Ela respondeu com calma:

– O barulho começou cedo. Agora vai e vê se presta atenção na aula, hem?

De que jeito poderia prestar atenção em alguma coisa que não fosse o chamado do circo?

Senhoras e senhores: venham e tragam seus filhos ao maravilhoso mundo do circo!

No caminho, descobrira, pela primeira vez, a vantagem sobre as crianças que moravam nos edifícios.

Algumas vezes elas jogavam, lá de cima, os brinquedos velhos que, muitas vezes, partiam-se em mil pedaços ao tocarem o chão e continuavam, sob os olhares parados e patéticos, continuavam sendo apenas desejo. Das janelas, vinham gargalhadas gostosas. Pão ao povo. Outros, os que caíam de jeito e permaneciam mais ou menos inteiros, eram motivo de briga entre nós, até que, com um sorteio qualquer, terminávamos repartindo.

Houve até um boneco, vesgo e já sem braços, que ficou quinze dias em cada casa. Até que deixasse de ser novidade. Depois, permaneceu atirado e empoeirado em um canto qualquer, de uma casa qualquer.

Como as crianças têm a alma fútil! A troca de filhos se faz despudoradamente! Não. Talvez a alminha seja grande demais e viva à procura de um amor suficientemente grande, capaz de preenchê-la toda, em largura e em profundidade. Viva à procura até que.

As janelas estavam todas abertas e, nelas, saltitavam cabeças curiosas, umas sobre as outras. Circo ao povo.

Senhoras e senhores: venham e tragam seus filhos ao maravilhoso mundo do circo!

Essa voz me acompanhou ao Grupo e lá sonhei tudo o que pude e o que não pude.

Dona Margarida deve ter percebido, sim. Ela era onipotente, dentro dos seus óculos escuros. Sabia tudo. Tudo o que eu fazia, mesmo escondido, tudo o que eu pensava, e o pior, tudo o que eu sentia. Por que Deus tinha de ter dado tanto poder a ela?

Talvez, se não tivesse dado, houvesse, ainda, algum dia, a chance de sermos amigas. Assim, era impossível.

– Sete vezes sete? – Ela parou à minha frente, interrogativa.

– Sete vezes sete? – perguntei de susto.

– É.

– Sete vezes sete é... – Oh! Deus! O calor foi tomando o meu rosto. – Logo sete vezes sete! Nada é mais difícil, na vida, do que sete vezes sete... Vinte e um? Trinta e quatro? E agora? Agora cem vezes sete vezes sete para casa. Sete vezes sete é... Não sei, não adianta, é melhor dizer logo, não sei.

– É...

– Elizabeth, sete vezes sete?

Suspirei aliviada e surpresa. Que diabo havia dado nela? Passou a bomba para Beth sem qualquer zanga nos olhos. E ela sabia. Aquela exibida sabia tudo. Sempre sabia tudo.

– Quarenta e nove, professora.

– Muito bem. Repita. – Voltou-se para mim, surpreendendo-me:

– Hem?

– Sete vezes sete é quarenta e nove, repita.

– Sete vezes sete, quarenta e nove.

– Muito bem.

Não era muito bem. Eu própria não era muito bem. Não seria jamais muito bem e muito menos em Matemática. Sobretudo agora que tinha um circo e me entregava a ele de todo o tamanho do meu pensamento. O circo... o circo... e lá estava eu, de novo, tão longe da sala de aula, tão longe do mundo dos números e das palavras, mas vulnerável, ali, alvo, poderia ser chamada a qualquer momento.

O momento não demorou, veio em forma de outro susto:

– Ler? Não sei onde parou professora. – Agora sim, não escaparia, pronto, pode brigar, eu estou prontíssima. Vem. Xinga. Eu nunca presto atenção, vivo no mundo da lua, um mundo em que não há lugar para mais ninguém. Vivo numa redoma de vidro, não é? Já decorei, viu?, vem, começa a ladainha.

— Na página cinquenta — ela respondeu com calma.

— Espera um pouquinho, professora. — Estranhei. — Ainda não abri o livro.

A turma toda riu.

Por que as pessoas costumam rir de coisas que não têm nenhuma graça?

— Achei.

Nova gargalhada.

— *Viajar! De repente Clarissa começa a sentir uma saudade esquisita, saudade duma terra muito bonita que ela nunca viu, que ela não sabe onde fica mas que tem a certeza de que existe.*

Volta a cabeça para olhar o trem. Ele vai passando lá embaixo a toda a velocidade, pequenino como um trem de brinquedo. Cabeças espiam nas janelas dos carros.

Viajar! Fugir de Jacarecanga e de sua pasmaceira, de seus cuidados e de suas tristezas. Fugir!

*Mas só a ideia de viajar, de ir embora, já faz nascer em Clarissa uma grande saudade antecipada. Porque apesar de tudo ela quer bem à sua gente. A ideia de nunca mais tornar a ver o casarão, de nunca mais botar os olhos em Jacarecanga lhe dá uma tristeza fininha que a deixa levemente desinquieta.**

— Muito bem! — disse dona Margarida. — Vânia, continua.

De novo muito bem, até quando muito bem?

Também eu tinha saudade do novo, ir embora para bem longe... Não. Mas não fugindo. Talvez só quisesse mesmo fugir de dona Margarida. Queria ir embora, apenas, para outra vida. Queria trabalhar em outro lugar... Já tinha pensado em ser aeromoça, acordar cada dia em um lugar diferente, ser livre...

•

Liberdade.

Essa era a palavra mais popular entre nós, da sexta série.

Liberdade.

---

* Érico Veríssimo. *Música ao longe*. Porto Alegre: Globo, 1980. p. 50-1.

Mas quando tentava pensar em liberdade, pensava um pensamento branco.

Na verdade, para mim, era mais do que apenas trocar de lugar, era mais do que fumar escondida no banheiro da escola, era mais do que mascar chiclete para disfarçar o hálito do fumo, era mais do que pintar os olhos na saída e caminhar na ponta dos pés em frente aos rapazotes que esperavam defronte ao colégio, era mais do que embolar o guarda-pó na cintura para ficar mais curto, era mais do que guardar o laço azul-marinho dentro da pasta ou matar a aula para ir ao cinema ou passear na rua da Praia, ou qualquer coisa que estivesse assim, tão próxima de mim, tão ao meu alcance.

Liberdade era uma coisa esquisita, um ar a mais no estômago, indefinível e indecifrável. Liberdade é. Um um de mim para mim. Alguma coisa com o que ainda não me encontrara, mas que poderia, sim, estar em algum lugar. Voar.

Livre como um pássaro, dizia o poeta, mas quem pode garantir que um pássaro é realmente livre? O peso de suas asas, o vento e o contravento é ele, tão só ele quem suporta...

Não passaria nunca no exame para aeromoça. Ouvira dizer que aeromoça tem que ser bonita e eu não era e jamais seria. Talvez o circo.

Aquelas pessoas, todas, acordavam, de tempos em tempos, em lugares diferentes.

O circo... queria o tempo na medida do meu sonho, queria engolir a manhã, desaparecer dona Margarida para que chegasse logo a tarde.

Senhoras e senhores: venham e tragam seus filhos ao maravilhoso mundo do circo! Palhaços, trapezistas, bichos, Miss Mérion e seu apavorante gorila!

Ai, que cada uma daquelas coisas me chamavam.

Em casa, encontrei minha mãe com os olhos inchados e o nariz grande e vermelho.

— Como foi a aula, filha? — Me beijou sem me olhar.

— Boa. — Ela fugia do meu olhar e foi o suficiente para que eu adivinhasse que. Não queria saber o que já sabia.

À mesa, não nos dissemos nada. Era meu dia de lavar a louça e lavei. Ouvia, entre o barulho da água que escorria da torneira, soluços esparsos. Era sempre a mesma coisa e fosse o que fosse eu resolveria. Era o meu peixe, e como queria dona Glória, eu o puxaria sozinha, não importava a quantidade de força que tivesse que usar.

Não faria o que fizera uma vez: tirara o dinheiro da carne para acompanhar minhas colegas de aula ao cinema. Não faria porque seriam duas as mentiras: a de tirar para sentir um prazer falso num espetáculo carregado de culpas e a de ocultar a perda da inocência.

•

Naquela vez, não tinha havido escolha, mas ela jamais saberia disso porque saber seria uma tentativa inútil de justificar o que lhe era tão injustificável em nome de tudo o que dona Glória pregava como fundamental para cada pessoa.

– Princípios de moral, honestidade e educação.

Os princípios terminaram quando abri a porta e Beth e Stella estavam paradas à minha frente, com um sorriso curioso de meninas que pouco conhecem do pouco.

Pediram emprestado o meu caderno de aula e, enquanto me virava para buscá-lo, seus olhos espichados seguiam-me casa adentro, acompanhados de risadinhas sufocadas.

Não sei por que minha mãe tinha de mandar que eu as convidasse a entrar.

Entraram, quase correndo, tropeçando em seus próprios pés, e enquanto minha mãe se desmanchava em sorrisos e gentilezas e elas, ávidas de conhecer e desmascarar o que eu tinha e o que não tinha mas dizia ter, derramavam olhares escandalizados pela sala, pelas manchas de mofo na parede, pela cozinha, pela pia presa à parede com sarrafos escuros e apodrecidos, por minha mãe semicorcunda, gentil, gentilíssima, delicada em seu sorriso cariado.

À porta, convidaram-me para um filme da Marisol, no Vitória. Aceitei. Poderia não aceitar? Era um desafio, era eu que estava no jogo e caso não aceitasse não sobraria nada de mim mesma. Eu era a mancha de mofo, gotejante e rachada, da minha sala. Aceitei.

– Então amanhã?

– Amanhã.

– Tchau! – Um aceno de mão.

– Tchau! – Uma mão fechada, pronta a ser levada à boca para que as unhas fossem roídas em cada raiva.

Acompanhei-as, com os olhos, até a esquina. Eram gestos largos e estabanados, sacudidos por risos que eu achava debochados.

Vez que outra viravam para trás e acenavam novamente.

E agora? Agora, minha mãe de volta ao ferro, absorta, e o dinheiro da carne embaixo do saco do pão e o cinema, amanhã. Não havia escolha. Não havia escolha pela nossa casa, por ela e por mim.

Fui, com o coração aos pulos. E neguei que tivesse pegado o dinheiro, não porque quisesse mentir, mas porque, já então, era difícil, para mim mesma, admitir que o tivesse feito.

E agora?

Agora puxaria meu peixe de outro modo, a outro preço que não me fosse esse, tão caro.

Senhoras e senhores: venham e tragam seus filhos ao maravilhoso mundo do circo! Palhaços, trapezistas, bichos, Miss Mérion e seu apavorante gorila!

Hoje tem espetáculo?

– Tem, sim senhor, e em três sessões: às quatorze, às dezesseis e às vinte horas.

Novamente a música caipira dava a tudo um clima de festa. Hoje tem espetáculo? Tem, sim senhor. Tem, sim senhor. Tem, sim senhor. A afirmação dançava na minha cabeça. Tem, sim senhor. Tornava a respiração difícil.

– Mãe – arrisquei numa calma fingida, enquanto secava as mãos num pano de prato. – Mãe, eu posso ir?

– Não.

– Mãe...

– Não, filha.

Custei a entender todos os "não" da minha mãe e todos os "não" de que a minha vida foi feita. Era mais fácil assim. Substituía-se a imposição pela escolha. Uma escolha falsa. Fazendo-se mais forte do que realmente era, repetiu.

– Não.

E deveria ser o suficiente. Aparentemente foi.

Não insisti.

Sentada na porta me perguntei mil vezes por que pessoas como Beth e Stella tinham tudo o que queriam na vida, até nome de artista!, e outras pessoas, melhores do que eu, não tinham nada? Em que parte da vida se pode começar a escolher? Que chance de escolha me havia sido dada desde o início? Nenhuma. Era tudo o que não queria ser, e o que eu queria estava tão absolutamente distante de mim...

Dona Margarida havia dito que a vida é uma conquista pessoal. Lutar. Essa a minha única chance: lutar... e como desbravadora, pronta a me atirar à conquista, reuni força e coragem e fui.

O pé enterrava na serragem provocando uma sensação nova.

Era como se, apesar do movimento e do colorido que se misturavam à minha frente, era como se alguma coisa estivesse em suspenso no ar que eu respirava, no chão, no céu, nas pessoas... O que eu ainda não sabia é que estava é dentro de mim.

Finalmente perto do circo, agora não podia deixá-lo escapar. Estava ali, na minha frente, feito uma grande placa amarela que tinha formato de porta e uma grande cara de palhaço, de olhos vivos, e boca aberta que me convidava, sorridente, a chegar mais e mais ao encontro de uma casa enorme, redonda, de lona verde.

Lá estavam Maria, Elisa, Celso, Tonho e Inácio, perdidos de felicidade e expectativa no meio das outras pessoas que entravam na agitação do ambiente.

A música continuava...

Pouco a pouco iam chegando pipoqueiros, baleiros, homens com balaios abarrotados de guloseimas dependurados nos braços. Os gritos se confundiam:

– Quem vai querer?

– Pipoca quentinha!

– Novinha, olha aí! Olha aí!

– Balas! Balas! Quem vai querer?

– Amendoim torradinho. Baratinho! Vai querer, dona? Baratinho!

As risadas das crianças sobressaíam das vozes abafadas dos adultos. Vez que outra um choro e alguém mostrava:

– Olha lá o palhaço, olha!

Os guris dos balões de gás eram os mais procurados pelas crianças rechonchudas e bem-vestidas.

Elisa e Inácio, já de banho tomado, desfilavam faceiros as roupas de sair. Celso, Tonho e Maria, como eu, estavam lá, tentando disfarçar, às vezes, uma vontade danada de chorar, às vezes, uma raiva grande de coisas que nem sequer sabíamos definir. De ser?

Decidimos esperar que o espetáculo começasse e então pediríamos ao porteiro para beber água lá dentro e entraríamos todos.

Daria certo, ríamos entre nós, tinha dado certo sempre.

– Quem é que vai pedir?

– Ah! Eu não.

– Eu também não.

– Então vamos sortear – sugeriu Celso, como ninguém queria.

– Uni, duni, tê, sa la mê min guê, quem pe de ho je é vo cê.

– Eu? Ah! Eu não, tu roubaste, pede tu.

– Não roubei nada, sorte é sorte e é a tua vez.

– ... tá bem. Eu peço. Vocês ficam um pouco mais atrás. Eu falo com ele e, quando ele deixar, faço um sinal e a gente entra todo o mundo junto.

Nossos corações disparados esperaram que todos entrassem e o espetáculo começasse.

De lá, de dentro, vinha a música de uma bandinha alegre e aplausos e risadas e a mesma voz rouca:

Senhoras e senhores: boa tarde!
– Boa tarde!
Criançada: boa tarde!
– Boa tarde!
Sejam bem-vindos ao maravilhoso espetáculo do mundo: o circo!

•

Achei que era aquela a hora e fui. Tremia tanto que mal conseguia andar e mal consegui falar:

– Moço?

– Hem?

Ele perguntou sem levantar a cabeça.

– Dá para eu e os meus amigos bebermos água lá dentro?

Ele sorriu.

Levantou os olhos e me olhou. Mas. Me olhou de um jeito... bonito... Bonito, porque ele era bonito naquela roupa branca e naquela capa prateada. Mas. Me olhou assim:

(...?!) E não disse nada nem precisava dizer, porque eu fiquei com vergonha de mim e de ter pedido e de estar de pés descalços e de todas as coisas e.

Foi uma vergonha maior do que o circo.

Acho que foi a primeira vez que eu senti vergonha, porque foi a primeira vez que eu tive treze anos.

Escondi, ainda mais, os seios, que ainda não tinha, numa corcunda maior e, vermelha, corri, vermelha, para casa.

Passei por Celso, por Tonho e Maria e corri.

Celso ainda gritou por mim. Mas.

De pato a cisne

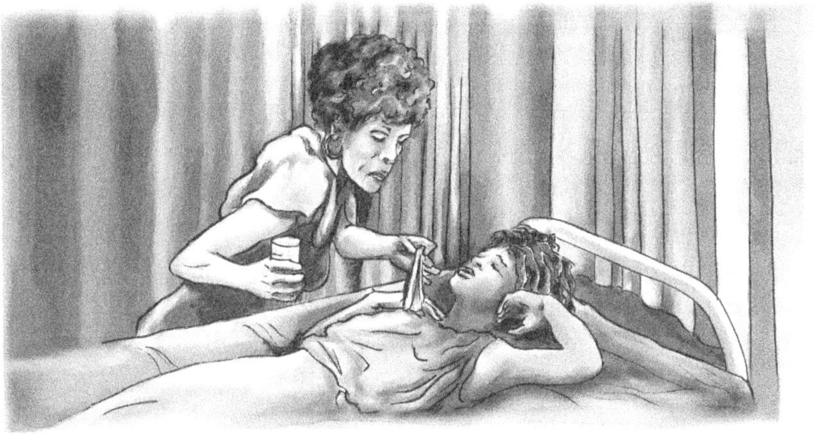

Minha mãe perguntou o que houve. Não respondi. Me sentia tão grande e feia e infeliz, que os meus treze anos viraram doença e tudo o que eu queria era nada.

Entre a parede e a cortina, deitada na cama, com os olhos grudados num nada qualquer, mastiguei minha própria angústia.

Queria tanto saber da vida!

Essas coisas todas que ninguém consegue sentar e explicar.

Conquista pessoal – engraçado isso –, conquistar o quê?, se as coisas, que vão chegando, vêm sem que se peça? A vida acontece apesar de mim.

Essa foi a primeira descoberta dolorosa. A segunda veio logo depois: ninguém vive por mim.

Queria chamar minha mãe e tentar explicar-lhe, mas. Ela não entenderia e se culparia, como sempre se culpou, por tudo. Melhor não. Estabeleceu-se, assim, a nossa primeira distância.

A minha vida está reservada só para mim, o meu sentir é único e indivisível. Ninguém pode sentir o que eu sinto agora, na profundidade do que eu sinto agora.

Mesmo a felicidade. Qualquer pessoa pode rir comigo, mas ninguém vai rir a medida do meu sorriso, como eu não posso rir a medida do sorriso de ninguém.

Será que a vida, assim, não é mais do que um ato contínuo de solidão? Solidão a dois, a três, a quatro...

•

Quando na aula de Estudos Sociais dona Margarida mostrou o gráfico em que os peixes se comiam uns aos outros, do maior ao menor, meu estômago não pôde suportar: desapareceriam os menores e os mais fracos... aqueles de que eu mais gostava, como se precisassem de mim. Gostava que precisassem de mim.

Pedi para sair da aula, mas ela não deixou. Matéria nova é sempre importante e continuou:

– É necessário... o equilíbrio ecológico.

As palavras começaram a dançar na minha cabeça, o gráfico, à minha frente, aproximava-se, pronto a me esmagar, e depois diminuía, lentamente, como os peixes de olhos e bocarras debochados.

Qual seria o meu lugar entre eles?

Veio o frio. Veio a náusea e...

Dona Margarida correu e me chamou de querida.

... o escuro.

As colegas em volta. Dona Margarida agitada. Silêncio. Eu importante, sendo atendida, alvo de todas as preocupações. Eu importante. Por quanto tempo, ainda, poderia desfrutar de tudo aquilo? Queria que fosse assim sempre, não fosse a sensação desagradável e incômoda dos peixes. A falta de água... a boca seca.

– Respira fundo – me dizia uma voz suave. – Assim, coloca a cabeça próxima aos joelhos. – Assim estava dentro da barriga da minha mãe antes que resolvesse sair da água e ganhar meu próprio ar. Assim estavam todas as pessoas. – Respira.

A servente me levou braba para casa, porque a havia afastado do seu serviço:

– Levar aluno em casa não é trabalho meu – resmungava pelo caminho.

Minha mãe disse que eu devia ter comido alguma coisa que não havia "sentado" no estômago. Não é nada. Já passa, obrigada.

•

Agora, finalmente, descobrira qual o meu lugar. Era o último peixe, o mais frágil, o mais feio, o pronto a ser devorado. Mesmo que fosse por dois olhos bonitos de um homem bonito.

Infeliz?

Não. Não era infeliz. Tinha consciência de tantas coisas que possuía e que representavam felicidade: um momento, um dia, minha mãe, meus amigos, meus próprios olhos...

É, sempre me preocupou muito poder ver, sobretudo no dia em que, ainda pequena, vira um gurizinho pequeno, menor do que eu, cego.

Aquilo me incomodou tanto! Me encheu de interrogações. Perguntei pelas culpas – o que ele tinha feito para não ver?, o que eu tinha feito para merecer enxergar? – duvidei de tudo o que fosse Justiça Divina e acabei aceitando a palavra mistério e. Agradecendo a Deus pela felicidade de enxergar, reprovei-o pela infelicidade do guri. Tão frágil, tão dependente, tão afastado da vida.

Uma vez, quando vinha da feira, com minha mãe, paramos em frente à casa da dona Glória e ela se queixou dos preços de tudo e do trabalho e da vida e lembro bem que dona Glória, com jeito de cigana, dessas que leem a palma da mão e dizem do presente, do passado e do futuro, donas dos mistérios que são, ela respondeu com uma voz calma que ecoava pelo cheiro de fumaça que já impregnara nela:

– É só olhar para trás para que se encontre uma miséria maior do que a nossa.

Sei bem que nada daquilo que dona Glória dizia era novidade, mas não posso negar que ela possuía o dom de colocar essas coisas todas, de que já estávamos cansados de conhecer, na hora certa, na hora em que precisávamos ouvir exatamente aquilo.

Não sei bem por que me lembrei disso tudo agora, talvez porque o menino dos olhos brancos jamais possa olhar para trás e ver uma miséria maior do que a dele: tudo o que passar por sua alma ficará entre ele e os olhos brancos. Sempre.

•

Triste. Era isso, sim. Eu estava triste porque tinha dado errado e porque em mim alguma coisa estava errada e eu não sabia bem onde, era em tudo. É isso: tudo, comigo e em mim, estava errado. Queria ter entrado no circo. Esperei por ele! Era um pouco meu! Queria não ter treze anos, queria não crescer, queria não ser tão feia, tão desajeitada, tão calada, tão desaforada, tão burra, tão tão. Eu era tão!

No Grupo, meu apelido era BB, nada mais nada menos do que Belém-Brasília. Por quê? Porque era "comprida, estreita e mal-acabada", caçoavam as colegas.

No começo, querendo agradá-las, aceitei tudo como uma brincadeira e até conseguia sorrir junto. Depois, entretanto, começou a me incomodar. Por que eu tinha que ter saído tão feia assim?, e o pior é que não tinha arrumação. Algumas vezes pensava em pintar os olhos antes de sair da escola para ver como ficaria – pensava que dois riscos pretos embaixo deles fariam uma transformação de que sairia moça e bonita, como Cinderela, conquistável, mas. Em todas as vezes não chegara a haver nenhum encanto.

•

Roupas? Está aí alguma coisa de que realmente não me ocupava. E não podia, mesmo, ser diferente: só o que me ficava bem era o meu guarda-pó. Daí por que não o tirava, quando chegava do Grupo e, aos sábados, passava o dia inteiro com ele. Ia na escola pela manhã.

Quando minha mãe me colocava na frente do espelho para experimentar um vestido qualquer, sofria, me negava a olhar aquela criatura "fora de esquadro" que por azar era eu. Mas ela não sabia que eu sofria e ficava braba: mal-agradecida era o que eu era... até que chegou o dia em que descobriu o quanto eu estava presa ao guarda-pó. Apesar do ódio que me tomou naquele dia, hoje, reconheço a mulher inteligente que era.

•

Stella me passou, por baixo da classe, um envelope cor-de-rosa. Esperei que dona Margarida começasse a escrever no quadro para que pudesse abri-lo, assim não me arriscaria a perdê-lo: ela já me havia tirado *O diário de Ana Maria*, que nem meu era.

Dentro, havia um pequeno convite em que brilhava uma carinha bonitinha de boneca e umas letrinhas douradas que escreviam: "conto contigo na minha festinha de treze anos". Quase estourei de felicidade.

Não sabia bem por que me havia convidado e a verdade é que nem queria saber. O convite me deixava feliz. Já imaginava a chegada em uma casa maravilhosa, cheia de empregadas engomadas em aventais e travessas brancas... como achava isso bonito! E as convidadas! Meninas lindas, bem penteadas, bem arrumadas e perfumadas, rindo, exibidas, de coisas que não tinham muita graça... Doces e salgados flutuavam de um lado para outro sobre as luvas brancas de um mordomo com cara de bandido... Pedi para minha mãe. Ela me deixou ir. Fiquei contente de ter deixado. Presente? Que eu não me preocupasse, buscaria uma lembrancinha na loja de dona Sônia.

Estava andando de carrinho de lomba nas rampas do estacionamento, junto com o Celso, quando ela, da porta, gritou por mim:

– Está na hora! Vem tomar banho!

Entreguei o carrinho para o Celso, disse-lhe que ia para o aniversário e corri para casa.

A bacia com água quente já estava pronta. Tomei banho na cozinha porque o banheiro era desagregado do corpo da casa e minha mãe temia que pegasse algum resfriado saindo de lá com o corpo quente.

Banho tomado, cabeça molhada, talco por todos os poros, corri para o quarto. A roupa está em cima da cama, ela havia dito, e estava: lá estava meu guarda-pó alvejado e engomado como novo, ao lado, o laço azul-marinho, do pescoço, brilhava.

Passei por todos os sentimentos em uns poucos segundos – a surpresa, a raiva, a tristeza, o ódio, a curiosidade, a descoberta, a decepção, a generosidade, a aceitação, a mágoa... – chorei e ri.

Ouvira dona Glória dizer a um desconhecido que para se ganhar um jogo era preciso, primeiro, aceitar as suas regras. Foi o que fiz.

Por dentro, meu coração queimava de raiva e minha garganta teimava em explodir em lágrimas. Mas. Aceitei.

Vesti o guarda-pó, coloquei o laço azul-marinho no pescoço, calcei os tênis que tinha sido branqueados com giz e, numa indiferença forçada, beijei-lhe o rosto.

Não nos dissemos nada. Ela estava, aparentemente, entretida com uma camisa azul.

Ganhei a rua.

Celso me abanou lá do estacionamento. Abanei também e caminhei, lentamente, caminhei até a esquina.

Dona Raquel perguntou se tinha festa “no escola”?, respondi que sim e continuei andando. Não sabia bem em que lugar chegaria e isso não fazia diferença. Parei lá embaixo, na Avenida.

Os carros passavam apressados, as pessoas caminhavam apressadas. Todos eram tudo o que não era eu. Me pus a chorar, como se não houvesse salvação para mim, atrapalhada pela falta de ar.

Minha mãe veio, colocou a mão sobre o meu ombro e me levou para casa contando a história de um patinho horrível que um dia virou cisne.

•

Quando chegará o dia em que virarei cisne? Precisava que tivesse sido hoje, bem naquele momento em que o porteiro me olhou daquele jeito: dos pés à cabeça: parou nos meus olhos...

•

Minha mãe invadiu o quarto e o meu pensamento:

– Como é que tu estás, filha?

– Bem.

– Aconteceu alguma coisa na rua?

– Não.

– Filha...

– Eu já sei, não precisa nem dizer, não tem dinheiro, não é? – disse-lhe numa voz ríspida.

Ela me olhou bem nos olhos me devolvendo a estupidez:

– É.

E eu recuei. Como sempre, recuei e com remorso, baixei os olhos e sussurrei para ela:

– Não faz mal. Não é isso.

– Então o que é? – tentou, incrédula.

– Não é nada. – Sim., Não., Não é nada., era tudo o que eu sabia responder a qualquer pessoa, quando o assunto era eu. – Não é nada.

– Repeti já com uma voz macia de quem, no fundo, pede que não insista.

Ela entendeu:

– Queres comer alguma coisa?

– Não.

– O Celso e a Elisa estão aí na frente te esperando.

– Eu não quero sair, mãe.

– Vou mandá-los entrar.

– Não! Não manda, eu não quero, depois eu vou.

Ela saiu e puxou novamente a cortina. Sabia que não iria, como eu também sabia que a minha vontade era apenas de me deixar ficar quieta.

•

Celso era amigo, o mais de todos.

Com ele poderia falar tudo o que quisesse, mas não estava certa de que pudesse, dessa vez, me entender. Ele era tão feliz! Jamais conheci, em toda a minha vida, alguém tão feliz quanto ele.

Nunca se zangava. Nunca ficava triste. Estava quase sempre cantando as músicas que ele mesmo fazia – queria ser artista – e deixava à mostra um sorriso grande e branco que clareava mais contrastado com o preto, quase azulado, de que era feito.

Se estava frio, ria porque estava frio. Se os tênis furavam, ria porque os tênis estavam furados, se não tinha, ria porque não tinha.

Algumas pessoas o achavam debochado. Mas não era, não. Ele só era assim. E no carnaval, então?

Aí ninguém mesmo o segurava. Era o primeiro a ir para a Sant'Ana e, nos longos intervalos entre uma escola e outra, ganhava a pista e fazia com os pés coisas impossíveis a qualquer boneco – e nós ficávamos olhando, encorujados nas arquibancadas, encolhidos nas japonas escuras, maravilhados.

Não sei bem... acho que Celso era assim porque tinha uma família de verdade: morava com os pais, com os irmãos mais velhos, com a avó que aos sábados vendia um mocotó delicioso...

Brigavam, sim. Mas, no fundo, no fundo, eram tão unidos!

Hoje eu não queria o sorriso e a felicidade do Celso...

•

Novamente a música caipira, novamente o barulho de carros e buzinas e pessoas que passavam à minha janela rindo... a velha... o macaco... o palhaço...

Novamente a tristeza entrando em mim como se dessa vez o mundo viesse mesmo se esborrachar contra o meu nariz...

Senhoras e senhores: venham e tragam seus filhos ao maravilhoso mundo do circo! Palhaços, trapezistas, bichos, Miss Mérion e seu apavorante gorila!

Hoje tem espetáculo?

Tem, sim senhor.

A que horas?

Às dezesseis e às vinte horas. Não percam.

Eu não queria mais ir e já não era essa a dor.

Era uma dor de mim que me tomou o estômago e veio a vontade de vomitar. Corri ao banheiro, mas antes que pudesse chegar lá, coloquei para fora todas as raivas do mundo e chorei.

Minha mãe, preocupada, me levou de volta à cama. Caminhou de um lado para outro no pouco espaço que sobrava entre a cama e a cortina. Me achou branca, colocou a mão quente sobre a testa e o pescoço. Não tinha febre. O que me poderia ter feito tanto mal?

Abriu a cortina, disse-me que não levantasse e saiu. Ouvi quando a porta da rua bateu.

Pensei que fosse à farmácia e ao armazém. Na verdade, eu bem que gostava de ficar doente. Tinha, nesses dias, todas as atenções de minha mãe, que, de tempos em tempos, invadia o quarto com uma xícara de chá bem doce e um punhado de bolacha Maria num pires. Ah! Como era bom!

Me enganei. Não demorou muito para que entrasse no quarto acompanhada de dona Glória:

– Não sei o que fazer! Ela não tem febre e não comeu nada que pudesse deixá-la neste estado.

Mal podia olhar para dona Glória. Era mais do que uma imagem feia, quebrada, colada, que me fazia medo, era também um cheiro forte e sufocante de defumação e mistério.

Olhei para minha mãe em súplica. Meu estômago doía mais ainda e não demorou muito para que viesse também a asma.

Ela me tocou na testa com a mão marrom e perguntou o que eu sentia.

Queria dizer vai embora daqui, mas falei que estava triste e tinha dor no estômago e vontade de vomitar. O diagnóstico foi imediato:

– Está com mau-olhado.

Virou-se para minha mãe:

– Me traga um copo d'água, um pedacinho de pano, uma agulha e nos deixe a sós.

Não era preciso dizer mais nada para que me imaginasse sendo costurada e torturada, lentamente torturada, um ponto, depois outro, talvez nos meus olhos, talvez na minha boca, talvez na minha barriga:

– Não sai não, mãe. – Fui tomada pelo pavor. – Não sai.

Dona Glória sorriu pacientemente e minha mãe entendeu: trouxe o que precisava e saiu.

Ela sentou-se na borda da cama.

Jurei que nunca mais em minha vida encostaria naquele lugar, nem um dedo, nem que estivesse dormindo!

Meu nariz ardia, a água vertia dos meus olhos sem qualquer possibilidade de controle.

Colocou o copo na minha mão esquerda. Pegou o pedacinho de pano vermelho e pôs-se a coser, indiscriminadamente, a coser, aqui e ali, com uma linha preta, enquanto balbuciava palavras que não conseguia entender.

Depois,

num depois

quase interminável,

levantou, fez o sinal da cruz e me mandou fazer também, o que me saiu trêmulo e mecânico. Fechou os olhos aparentemente tonta pelo esforço e chamou minha mãe:

– Pronto! Ela agora vai dormir um pouco e, quando acordar, vai acordar boa – disse num tom profético, com os lábios franzidos quase fechados.

Tirou o copo da minha mão e saiu, lentamente, saiu pesada, sem olhar para trás. Minha mãe foi junto.

O medo, o cheiro, o nojo ficaram em mim ainda por muito tempo.

Depois veio a moleza, o cansaço de todo o pavor que havia sofrido. Eu e a bruxa numa mesma peça... e então o sono, o sonho.

•

Subi a comprida escada de cordas colocada junto ao mastro mais alto. Ia, lentamente, de maiô azul, envolvida em uma capa preta que voava brilhando sob os refletores.

As pessoas, lá embaixo, cada vez menores, aplaudiam, ainda, os palhaços.

No outro lado, já sentada no balanço, uma mulher esticava as pernas e encolhia, num movimento gracioso, ao ritmo da música, gracioso e seguro.

Ela ia e vinha como se fosse um trabalho de rotina.

O outro balanço veio parar à minha mão.

A bateria começou a gritar desvairada. As pessoas, pequeninas, tinham as cabeças levantadas.

A bateria... depois o tiro... e lá fui eu, de olhos fechados, procurando não olhar para baixo, enquanto o frio e a náusea do medo devoravam meu estômago.

Era tarde para desistir, o trapézio já voava longe da plataforma. Meu Deus! e agora?

Agora era preciso soltar as mãos, virar três vezes no ar com uma leveza que não me pertencia e, na terceira volta, com uma precisão milimetrada, segurar as mãos que me esperavam.

Novamente a bateria. Dois focos redondos de luz soltos no ar. Em mim e nela.

A plateia silenciosa.

Minha vida ou o *show*. Silêncio. Agora. Já. Upa!

No trapézio, era dona Margarida a me aparar nos saltos mortais – com os mesmos olhos escondidos nas grossas lentes esverdeadas, o mesmo sorriso indiferente e superior. Estendera as mãos grossas, másculas e frias e me segurara firme, me salvara.

Depois, porém, desaparecera.

Procurei por ela no meio de todas aquelas pessoas que lotavam o circo, perguntava para um e outro se a tinham visto, queria dizer que lhe era grata e que gostava dela e queria ser sua amiga e que mudaria e na segunda-feira já seria outra, mais educada, menos fechada e.

Inútil. Não consegui encontrá-la...

Aquela mulher, que estava de costas, bem que poderia ser, toquei-lhe o ombro:

A senhora...

Na segunda-feira continuaria a mesma.

•

– Trouxe uma sopinha, filha. – Minha mãe me acordou afastando os cabelos suados da minha testa. – Então? Estás melhor?

Hum. Hum – respondi sonolenta.

– A dona Glória sabe o que faz. Olha, senta e come tudo. Quando terminar, me chama.

– Hum. Hum.

Aquela água gordurosa me dava arrepios, enquanto a colher mergulhava para emergir cheia e mergulhar de novo sem sair do prato, pensei que não queria ter acordado. Acordar é começar tudo outra vez, logo agora que já estava salva!

Uma dor incômoda, dessas que não chegam a ser dor, atravessava meu corpo logo abaixo da barriga.

– Mãe!

– Hem?

– Eu sou muito feia?

– Claro que não, filha. Tu vais ver a bela da moça que vai dar.

– Agora, mãe?

– Não, demora um pouco. É preciso ter paciência.

– Mãe?

– Hem? – ela respondeu já de lá de dentro.

– A senhora acha que eu sou muito ruim?

– Como assim?

– Eu não sou boa filha?

– É sim! Quem te andou metendo coisas na cabeça?

– Ninguém, ora.

Veio o silêncio. Vez que outra escutava o barulho do ferro largado sobre o descanso.

– Mãe!

– Hem?

– Vem para cá, deita comigo.

– Espera um pouco, filha, deixa eu terminar essas três camisas que vou já.

Não respondi. Já estava distante, outra vez.

Que estaria dona Margarida fazendo naquela hora? Na certa, estaria em casa, rodeada pelos filhos, conversando com eles despreocupadamente. Senti inveja deles.

O que ela acharia do meu sonho?

Riria divertida, depois se recomporia, me mandaria sentar e a aula continuaria. Não. Jamais contaria.

O movimento recomeçou, na rua.

– Mãe!

– Hem?

– Já é noite?

– Já.

Por isso todo o barulho. Estava na hora da última sessão do circo. Agora, o alto-falante não chamaria mais e a música começou a ser mais calma, embora a alegria que trouxesse fosse a mesma.

Fechei os olhos e não foi difícil vê-lo à minha frente: iluminado em colorido no meio da escuridão.

•

As lâmpadas vermelhas colocadas ao redor da boca do palhaço aumentavam e diminuíam seu sorriso. Bonito... Quase não resisti à tentação de espiá-lo da janela, mas continuei assim: de olhos fechados.

É que assim poderia fazê-lo a meu modo: ainda mais bonito do que realmente era e, de repente, era eu a chegar... a descer de um carro grande e branco, a dar adeus aos meus pais com a luva cor-de-rosa cintilando no escuro, a comprar o ingresso, a entregá-lo ao porteiro, a olhá-lo de cima a baixo, esquecida e indiferente ao meu modo de vestir e calçar e ser era eu a parar nos seus olhos muda ficar nos seus olhos: (

...) Amor? – Fui surpreendida pela ideia. – Era isso o amor? Era a vergonha? O enjoo no estômago? Então era isso o amor?

Como é que eu podia saber?

Quem me poderia dizer?

•

Já havia lido algumas coisas sobre o amor, outras, tinha ouvido falar, mas. Queria que me chegasse de outra forma. Não pelos olhos, mas pelas mãos. Não por meia palavra, mas pela palavra inteira. Não pela vergonha de, mas por um sentir aberto e completo e sorrir e chorar e brincar e sentir e brigar e andar por aí, agora sim, livre... do que eu sou e do que eu não sou, mais do que um instante, livre e presa.

E ele?

E para ele?

Chegara a existir a menina feia, suja, de pés descalços que pedira água? – Não sabia, como ainda não sei, o lugar que ocupo na vida das pessoas. Que lugar ocupo na tua vida?

O amor me vinha como uma sucessão de interrogações.

Um talvez sim. Um talvez não.

•

Era tarde quando ela terminou de passar a roupa e entrou no nosso quarto, vinha contente, abanando quatro pedacinhos de papel rosa na mão.

– O que é isso? – perguntei sonolenta.

– São os ingressos, ora! – respondeu quase rindo.

– Que ingressos? – perguntei sabendo e, ao mesmo tempo, querendo não acreditar no que sabia.

– Tu não sabes? – ameaçou escondê-los nas costas.

– Hum. Hum. – Sacudi a cabeça em não, quase rindo.

– Para o circo, ora! – Sua felicidade era tanta que chegava a gaguejar.

Nos pusemos a rir, as duas, sem conseguirmos parar.

– Como a senhora conseguiu? – perguntei maravilhada com o tesouro preso entre os dedos.

– Isso é segredo.

– Ah, conta, mãe! Conta! Como foi?

Ela chegou devagarinho, aninhou-se perto de mim, como se tivesse frio, e pôs-se a falar com calma.

Disse que eles tinham vindo usar a água daqui de casa, enquanto consertavam a torneira do estacionamento, e, por isso, haviam deixado os ingressos. Eram meus, todos meus!

– Deus escreve certo por linhas tortas – ela disse baixinho. – Ele sabe o que faz, não é? É preciso fé e paciência que tudo termina dando certo. – Parou pensativa como se refletisse sobre cada palavra que havia dito. Acreditava, realmente, naquilo? – A meninada foi toda ao circo hoje à tarde, conseguiu entrar vendendo pipocas que uma senhora, de lá mesmo, fez. Entrou todo o mundo. Por que tu não foste com eles?

Por que eu não fora com eles?

Não respondi. Apoiei a cabeça sobre a sua cabeça que descansava no meu ombro e dormi com a mão sobre a mão dela.

O novo grande dia

O domingo me encontrou mais corajosa, animada. Desde cedo aprendera que, se reagisse, encontraria, em algum lugar, a sobrevivência. Agora, então, que estava de posse dos ingressos, reagir era facílimo.

Pulei da cama sem acordar minha mãe.

Tudo estava tão bonito! O dia estava claro, cheirava a felicidade, era um cheiro bom, quase tenho saudade dele, hoje.

Peguei a lenha, no quintal, e trouxe para dentro sem fazer barulho. Claro! Já existia fogão a gás, mas minha mãe preferia aquele porque tinha sido de minha avó e porque, no inverno, esquentava toda a casa... eu bem que gostava dele e acender o fogo, para mim, não era, não, nenhum trabalho, sobretudo naquele dia. Coloquei uma chaleira de água para esquentar.

Puxei a bacia grande que ficava dependurada ao lado da porta dos fundos e, sozinha, preparei meu banho. Acho que foi a primeira vez que fiz isso sem que minha mãe precisasse mandar, até lavei os ouvidos!

Depois, deixando pegadas feitas de apenas meio pé, fui devagar e em silêncio até o balcão de onde tirei meu vestido mais novo. Não o achava bonito, não gostava daquelas florzinhas cor-de-rosa em cima do branco, nem daquele franzido exagerado; mas era o mais novo.

Procurei meias brancas e calcei meu sapato de sair. Apertado. Ui! Apertado. Fui até o espelho de corpo inteiro e fiquei horas e horas tentando alisar o crespo do meu cabelo. Não fosse ele e eu até poderia me achar bonita.

Quando minha mãe acordou, eu já estava pronta. Me achou muito bonita. Cuida para não te sujar!

Por que será que mãe sempre tem um não para dizer para a gente? Mãe é a pessoa que possui mais não. Não corre! Não estraga! Não faz! Não viu? Não quer? Não quero! Isso não! Não! Não! e Não!... Cuida para não te sujar.

Logo, logo, a música caipira invadiu nossa casa. Sentamos para tomar café.

Ela se surpreendeu com a minha calma. Mas era aquilo: quanto mais devagar fosse, mais ficaria em mim.

Tomamos o café adivinhando nossa própria felicidade. Tem outra coisa também: mãe é sempre feliz junto com a gente, já notei isso, é como se mãe não precisasse de uma felicidade pessoal, só dela, bastava a minha felicidade para nós duas. Ela me olhava e sorria. Era como se, por dentro, repetisse para ela mesma: missão cumprida, missão cump.

– Mãe – interrompi nossa felicidade por alguns instantes –, a senhora quer ir ao circo junto comigo?

– Não, filha. Vai com a criançada. Olha, a essa hora já deve estar todo o mundo pronto.

– Por que a senhora não vem junto?

– Não, filha. – Passou a mão na minha mão. – Vou aproveitar o dia para colocar a casa em ordem, lavar as roupas da semana... vai tu, depois me conta como foi, hem?

Ela não saía nunca. Muitas vezes isso chegou a me incomodar demais. Sobretudo nas festas do colégio, quando todas as minhas amigas exibiam suas mães e eu ia só. Difícil de enfrentar o dia das mães! Pai, eu não tinha, mas mãe eu tinha e na frente dos outros era como se não tivesse. Chegara a pensar que era porque ela não gostava de mim...

Meu boletim, no fim do ano, minha mãe jamais buscava. E só a certeza de ter passado já era suficiente para que eu parasse, antes, no armazém do seu Isaac.

Ele vinha sisudo, como sempre:

– Vai "querrrerrr" o quê?

– Uma lata de leite condensado.

Não sei bem se era a minha alegria que o contagiava ou ele já sabia o que a lata de leite condensado significava – era apenas uma por ano –, mudava de humor:

– Muito bem! Meus "parrrabéns"! – e esticava aquela mão enorme e áspera que escondia dentro dela a minha mão. – O "maiorrr" riqueza que o "pobrrre" pode "deixarrr" "parrra" os filhos é o estudo. Você sabe "aprrroveitarrr". – E virava para o Tonho e iniciava o sermão. – Este "gurrri" devia de "fazerrr" o mesmo, pelo menos "aprrrenderrr" a "fazerrr" contas! Tenho de "cuidarrr" de tudo, tudo, tudo, senão é "prrrejuízo" na "cerrrta". Não é?

Tonho não respondia e, se respondesse, na "cerrrta" diria uma palavra desaforada, se não chegasse ao palavrão.

Seu Isaac pegava a garra de alumínio colocada à ponta de um sarrafo largo, colocava-se na ponta dos pés – que sapato horrível! Grosso, largo, arreganhado, sapato de judeu, dizia Tonho – e tirava a tão sonhada lata de leite condensado.

Já nem precisava pedir: ia lá dentro e voltava logo depois, com a lata furada, o leite escorrendo pela tampa prateada:

– "Prrrontinho"!

Esticava a mão e colocava a lata à minha frente.

Quem olhasse, de fora, pensaria que estava me presenteando, tamanha a alegria e o orgulho que demonstrava, mas não deixava, isso não deixaria nunca, de anotar no caderninho de conta da minha mãe, para o fim do mês.

– Vai "serrr" o quê, quando "crescerrr"?

– Hum.

Entre uma lambida e outra no leite condensado, respondia, quase da porta, o que ele já estava cansado de saber.

– Professora.

– Ah! É bonito mas não dá "dinheirrro" nenhum.

Depois, era ganhar a rua, e eu subia contente e doce com o meu prêmio de fim de ano na mão.

Quem ligava para medalhas e fitas e diplomas e parabéns? Queria mais era o meu leite condensado.

Os vizinhos me olhavam e me cumprimentavam sorridentes enquanto eu marchava orgulhosa e melada. Mas, no fundo, era uma felicidade tão somente minha!

Às vezes fico pensando como perdemos a nossa vida juntas – como perdemos, as duas, momentos importantes que poderiam ter sido nossos!

Onde começou a nossa vida separada se nos conhecíamos e nos queríamos tanto!?!

Acho que na roupa que não tinha... e eu que era tão frágil, tão despreparada para entender essas coisas todas que a vida cobra da gente, devolvia-lhe sempre grandes e rancorosos silêncios, todos feitos apenas de olhos, como se eles, realmente, pudessem dizer tudo o que.

•

– Eu conto.

Senhoras e senhores: venham e tragam seus filhos ao maravilhoso espetáculo do circo! Palhaços, trapezistas, bichos, Miss Mérion e seu apavorante gorila! Hoje tem espetáculo?

Tem, sim senhor.

Em quantas sessões?

Em quatro sessões: às dez e trinta, às quatorze, às dezesseis e às vinte horas. Não percam!

Agora sim, recomeçava a expectativa.

Tomei o café de um só gole, empurrei, com os dedos, o pão grande demais para a minha boca pequena e corri para a porta. Voltei. Era o meu dia de louça. Ela compreendeu e disse que poderia ir. Fui.

Quase corri, porque correr fazia parte do meu jeito de ser criança e estabanada – mas me parei e me fiz caminhar com calma até o circo.

Não sei bem o que era mais importante: ver o porteiro ou deixar que ele me visse. Era tão bonito, o moço!

Na rua, não sentia meus pés tocarem o chão apesar do sapato apertado. Agora, era tudo diferente, como se o sol fosse mais forte do que realmente era, como se tudo fosse feito da mesma alegria que me tomara. Era tudo azul!

•

O Celso, o Tonho, a Elisa, o Inácio e a Maria já estavam lá, na frente de um dos carros, ou se chamavam carroças?

A distância, percebi logo que deveria ser o da mulher que fazia as pipocas. Pelo jeito como se movimentavam impacientes, pelas gargalhadas, sentia em cada um deles uma espera maior do que eles próprios. Era o modo de garantirem seu ingresso. Não nos tínhamos prometido que assistiríamos a todos os espetáculos?

Meus olhos percorreram todos os caminhões, como se eles, sozinhos, independentes, procurassem por alguém.

•

Ficava me imaginando pelas costas e não me gostava, os meus braços compridos perdiam o ritmo. Logo no dia em que precisava de todo o ritmo possível!

Tentei requebrar. Minha mãe já havia reclamado do meu caminhar de guri. Endireita as costas. Para lá, para cá, para lá, para cá, mas. Não dava. Não era assim que eu era e, quando tentava, meu pé tocava firme no chão e meu corpo enrijecia.

Difícil de acertar o passo, quando é preciso. E quando os dois braços se encontram juntos na frente e atrás e na frente?

Começar de novo.

O suor escorrendo na testa.

Pé direito, braço esquerdo. Pé esquerdo, braço direito. Dona Margarida havia ensinado assim, na marcha. Estava marchando.

Estava marchando! E se ele estivesse olhando, escondido atrás de algum dos caminhões?

Também, por que estaria?

Vontade de voltar, de desistir, de correr e correr para casa. Tenho sempre vontade de correr para casa quando os perigos se tornam muito próximos.

Celso me chamou.

Respirei fundo, de novo. Meu estômago tremia, fui.

– Oi! – Cheguei de mansinho. Não era bem daquele lado que queria estar. Queria ver o outro lado, o lado de dentro do círculo de caminhões, ele devia estar lá, em algum lugar.

– Por que tu foste embora, ontem?

Fui atropelada pela pergunta e antes mesmo que pudesse inventar um porquê qualquer, fui assolada por uma enchente de comentários, todos queriam contar ao mesmo tempo e todos contaram ao mesmo tempo.

O circo... Os palhaços... gargalhadas... O cara das facas, então! – Tonho se atirava ao solo e com um sarrafo fincado na terra mostrava por onde elas tinham passado... A mulher que caminhava na bola... linda. – Me chegavam pedaços, quase ininteligíveis, de frases. – O equilibrista... a macaca... gargalhadas... E o gorila!!! Que susto!... Que nada!... Acreditou sim... Não acreditei... Eu vi, tu quase deixaste cair as pipocas no chão... Derramei nada. Eu sabia!!! Ah! Ah! Ah!... Sabia não... Qual é, hem? Diz logo a verdade, tu ficaste com medo... Ficou sim...

Agora eu já não era mais o centro das atenções – graças a Deus que foi assim – entre o claro e o escuro, preferia mil vezes o escuro – brigavam, entre si, por coisas que eu nem sabia bem o que eram. Medo? Como se um circo pudesse fazer medo em alguém!

– A Maria quase chorou – gritou Celso debochado.

– É, mas foi na minha frente que ele pulou. Aquele enorme macaco. – Novas gargalhadas.

– E tu, negão? Ficaste branquinho de medo – arrematou Tonho.

– Fiquei nada, eu já sabia.

– Que sabia nada, mentiroso.

– Só se tu fosses mágico! – interferiu Elisa.

– E o mágico? – Maria estava admirada.

– Incrível! – Nos olhos de Elisa passaram fitas e fitas e fitas e coelhos e pombos e cartas e água e seco e fitas e cores e cores e. – Foi lindo!

Elisa era assim. Extremamente delicada, nada do que fosse ruim chegava a atingi-la verdadeiramente. É que ela era protegida por uma espécie de capa que magicamente transformava tudo diante dos seus olhos: tudo daria certo, tudo era maravilhoso. E era?

Hoje, fico pensando se não era uma espécie de alienação, podia mesmo ser tudo tão maravilhoso para ela, se vivíamos quase as mesmas experiências nos mesmos momentos e, para mim, tudo era tão torto?

Não chego ainda a nenhuma conclusão. Elisa era. Até no jeito de falar, era um jeito desmanchado de quem está e não está cansado. Até nas brigas! Quando ela xingava a gente, não era com gritos e palavrões e cara fechada. Era um ar cheio de delicados *Poxa! Assim não dá!*

Ela era a filha caçula e tinha quinze anos de diferença do irmão mais novo e quase dezessete da irmã casada. Era daqueles filhos que se chamam de "temporão". Os pais dela bem que podiam ser seus avós, de tão velhos que eram. Ela tinha nascido de sete meses e cesárea.

Tinha certo orgulho em dizer que era de sete meses e cesárea. E, a cada vez que dizia, eu sorria, concordando com a importância de ser de sete meses e cesárea, mesmo sem saber bem o que era.

Engraçadas as palavras: c-e-s-á-r-e-a. Cesárea, para mim, tinha alguma espécie de pacto com a lua, com pássaro planando calmamente à luz da lua, à beira da noite. E, então, ficava tão bonito ser de cesárea! Chegava, mesmo, a ter inveja de ter nascido numa segunda-feira, às quinze para as oito horas: pronta para o trabalho, como dizia minha mãe... queria ter nascido à noite, de cesárea, até que.

Um dia, entrei correndo na casa de Elisa para chamá-la e, sem querer, topei com dona Eva sem blusa. Estava se arrumando para sair.

Foram dois os sustos: o dela por ter sido pega assim, e, na pressa de esconder o que não queria que eu visse e já estava visto, deixou que a blusa caísse e perdeu o movimento para pegá-la, tentou, com as mãos, mas eram insuficientes; o meu, por tê-la pegado assim.

Parei muda, descorada, quase sem respiração: logo abaixo do pescoço, pendiam-lhe duas massas brancas, grandes, maiores do que cabeça de criança, moles como pão sovado, na ponta de cada uma delas um sinal grande e preto, onde, decerto, Elisa havia mamado.

Veio logo o nojo feito de olhos arregalados.

No meio dos pães, mais embaixo um pouco, uma massa que ainda não havia sido preparada, flácida, cortada no meio, franzida, franzida.

Ela se desculpou:

– A cesárea.

– Cesárea? – perguntei, não querendo acreditar que aquilo era.

– É... a cicatriz – ela dizia, tentando se abaixar para pegar a blusa. – A cicatriz.

Virei de costas querendo vomitar, então, aquilo era cesárea? E o nojo foi maior, não sei bem por que cesárea era agora tão somente a marca que ficara da retirada do nenê: uma cicatriz perdida nas graxas flácidas e molengas de dona Eva, ou se porque aquilo nada tinha de lua, nada tinha de pássaro, nada tinha de noite, nada tinha de lindo.

Uma mentira que eu mesma me fizera...

À noite, espiei minha mãe pela fresta da porta do banheiro, enquanto tomava banho... Não era bonita, não. Mas também não era tão feia e até me fez inveja a quantidade de pelos que tinha e que, em mim, pronunciavam-se apenas com uma penugem esparsa, delicada e macia. Inveja de ser, de uma vez, mulher.

•

Toquei, com Maria da Glória, no assunto, mas ela me olhou com um olhar superior e fez a pergunta fatal:

– Tu sabes como é que os nenês são feitos?

– Claro! – respondi como conhecedora de todos os mistérios da vida. Experiente de poucos anos. – Uma sementinha que os pais botam na barriga das mães. Elas vão crescendo, crescendo até ficar a criança, com olhos, dedos e tudo.

Se ela pensava que eu ainda estava no tempo da cegonha e do açúcar na janela, estava muito enganada, há muito que minha mãe me havia contado a verdade.

Ela sorriu, com malícia:

– Não foi isso o que eu perguntei.

– Não?

– Não.

– O que foi, então?

– Perguntei – ela chegou bem perto – se tu sabes como é que os pais e as mães fazem os nenês.

Nunca tinha pensado nisso antes, importante era a sementinha que crescia, crescia lá dentro, no escuro e, um dia, o serzinho, por vontade própria, decidia ver a luz e vinha.

Sabia da dor, tinha ouvido minha mãe falar nisso com a dona Glória, mas sabia, também, da felicidade:

– A natureza é perfeita – dissera a velha bruxa –, nada é mais perfeito do que a natureza: ela é a mão de Deus, na Terra.

Mas. Onde tudo começava, o depósito da semente, isso jamais me perguntara e, se perguntara, jamais me haviam respondido e, se haviam, haviam:

– Quando casam, ora!

– É? – ela insistiu. – E o que é casar?

– Casar? Casar na igreja, ora!

Ela riu e dessa vez descobri que havia mais coisas além das que minha mãe havia contado. Ora! E ela que dizia sempre que não me escondia nada, que não guardava segredos... ela tinha me traído, me traído:

– Como é, então? – perguntei cansada de tentar adivinhar, emburrada, traída, magoada.

Ela chegou bem perto, pegou meu braço e soprou no meu ouvido com uma voz rouca e segura de quem sabe tudo da vida:

– Os pais botam aquilo naquilo das mães.

Fiquei atônita:

– Aquilo? – perguntei sem entender tudo.

Ela, então, vermelha, mais vermelha ainda porque tinha um rosto muito branco escondido nos cabelos loiros cacheados, baixou os olhos até abaixo da minha cintura e com um sinal de queixo me mostrou o que queria dizer aquilo naquilo.

Difícil de acreditar.

Não que os nenês fossem feitos daquela maneira, mas que minha mãe tivesse tido, com meu pai, a coragem de fazer aquilo!

Passei muito tempo sem poder olhar direto nos olhos dela sem pensar. Até que, um dia, dona Margarida mandou que se pegasse uma folha de caderno e escrevesse, ali, todas as dúvidas da gente e entregasse a ela sem assinar. E, só porque não precisava colocar o meu nome, perguntei:

É mesmo preciso fazer aquilo para que se tenha um nenê?

Ela pegou a minha folha, me olhou bem nos olhos e eu senti um frio no estômago – pronto; eu vou para a secretaria explicar como é que tive a coragem e a ousadia de perguntar isso. Mandariam chamar minha mãe e aí ficaria tudo muito difícil de explicar. Pode mandar. Manda. – Quase parei de respirar, mas ela saiu da aula, sorriu para um nada e voltou logo depois, trazendo umas figuras bonitas e delicadas em que desfilavam muitos casais de bichos e um homem e uma mulher sem roupa.

Trocamos entre nós, da turma, olhares maliciosos e envergonhados.

Depois,

depois entre os nomes feios e complicados da matéria, conseguiu contar uma coisa que transformou tudo em uma linda história de amor.

Aquilo era natural, mas natural numa determinada época, numa circunstância especial em que o sentimento precisava ser completado, pedia para ser completado pelo toque de pele, pela união perfeita de dois corpos, pelo preenchimento de todos os espaços, por uma troca de prazer, de felicidade, de eu.

E aquilo era tão absolutamente perfeito, que só dali poderia surgir o filho, e, sendo assim, que fosse sempre do amor. Assim, cada um de nós era resultado do amor e eu me senti tão importante: eu era o resultado do amor.

Naquele dia, mal resisti à tentação de bater no braço da minha mãe e numa voz extremamente cúmplice lhe dizer o que sabia:

– Ah! Ah! Então, hem? Não me contavas nada... – Mas ela não resistiria, morreria de vergonha. Limitei-me a olhá-la agradecida por ela ter me dado a oportunidade de ser. O amor.

•

Meus olhos não desistiram de procurar o porteiro. Quase nem ouvia mais o que eles contavam sobre o espetáculo, quando Elisa perguntou com aquele jeito macio, de sempre:

– Tu vais entrar, hoje?

– Vou sim.

– Oba! Hoje a gente também vai vender chapéu e amendoim. O que tu queres vender?

– Não, eu não vou vender nada – respondi desajeitada por estar sendo diferente deles. Não gostava de nada que nos afastasse assim, dentro de um mesmo desejo.

Acho que é isso que os adultos chamam de culpa. Não. Acho que era uma culpa antecipada do que eu estava prestes a fazer e sabia que estava prestes a fazer.

– Minha mãe conseguiu um ingresso para mim – disse-lhe numa voz sumida. Não era um, eram quatro, mas eram meus...

– Como é que ela conseguiu? – pulou Celso, esperto, sorridente, querendo achar uma brecha em que ele também pudesse entrar.

– Comprou, ora!

•

Engraçado, fico pensando: embora jurássemos morrer, uns pelos outros, na verdade, entre nós, era cada um por si.

Felizes os que acreditassem em Deus e Ele seria por todos. Quanto a mim – não sabia, não sei. Usava muito Seu nome, mas não era em vão, porque o que poderia ser em vão para os outros, para mim não era, pelo menos naqueles momentos em que dizia: Deus! Meu Deus!

Depois?

Depois, talvez. Mas. Diria novamente por alguma coisa que, sem importância, importante seria.

Quanto a mim – sabe o que é? – acreditei sim. Acreditei quando percebi, pela primeira vez, o verde furando a terra e dela sair o verde e a flor e o fruto e quando senti tudo o que significava o nenê saindo da barriga da mãe pela sua parte mais frágil, a parte que a determina como fêmea.

De repente essas coisas entravam dentro de mim, me tomavam conta, tornavam a respiração difícil, tamanha a sua grandiosidade, tamanha a minha emoção. Isso existe! E Deus existe nisso, acreditei. Mas.

Houve um dia em que fiquei com raiva de ter acreditado: quando meu pai morreu...

Era noite, eu tinha sono, um cheiro forte de vela se espalhava pela casa. As pessoas cochichavam pelos cantos, minha mãe chorava em frente a meu pai, de olhos fechados e mãos cruzadas sobre o peito.

As pessoas me abraçavam, emocionadas, passavam a mão na minha cabeça dizendo que tinha sido a vontade Dele, que meu pai tinha ido para o céu.

De tudo, o que eu sabia é que nós não o veríamos mais, que ele tinha ido embora para nunca mais, mas eu não sabia por que Ele tinha que ter querido aquilo.

De meu pai, ficou uma imagem parada, a das fotografias que minha mãe botou em cima do balcão, o resto era só ausência e ausência e ausência. De Deus, a espera de que Ele me diga: Existo. Na primeira comunhão mordi a hóstia para sentir o gosto do sangue.

•

Tonho duvidou:

– Comprou como?

– Ela recebeu ontem.

– É? E então por que tu não voltaste ontem?

– Porque eu não quis e tu não tens nada que ver com isso.

– Ah! – ele insistiu, incrédulo.

– Juro por Deus.

– Então jura.

Fiz três sinais da cruz e disse alto e em bom tom:

– Juro por Deus Nosso Senhor. – Não havia "isola" que me salvasse do inferno!

– Poxa! Vamos parar com isso! – interveio Elisa.

– Por que a gente não brinca de pegar enquanto espera a mulher?

A tentação era grande, mas não podia. De repente o porteiro poderia aparecer em algum lugar e me ver correndo feito uma criança...

– Tenho uma ideia melhor – arrisquei.

– Qual é?

– Amarelinha.

– Ah! – reclamou Tonho, que estava num daqueles dias em que era contra tudo. – Eu fora.

•

Não, Tonho sempre fora assim, era o do contra, o sempre pronto a protestar contra tudo e contra todos, ainda que, também fosse, entre nós, o mais cético sobre o resultado de qualquer tipo de ação individual.

Talvez seu temperamento o tenha feito ser o primeiro a sair da rua e se lançar na grande aventura que representava o mundo, lá fora.

Muito mais tarde, soubera que estava preso, as razões não se sabia bem quais eram. Depois, nunca mais se soube dele.

•

– Assim a gente não precisa sair daqui e quando a senhora chegar com os chapéus a gente vê logo – ponderou Maria.

– Aonde ela foi buscar os chapéus?

– Não sei. Foi o porteiro quem disse.

– O porteiro? – Meu coração pulou e meus olhos correram em volta. – Ele anda por aqui?

– Ah! Já foi – resmungou Tonho. – Como é? Vamos brincar ou não?

Não quis insistir, se eles notassem algum interesse meu pelo porteiro, na certa, fariam disso o acontecimento do século. Era sério demais, importante demais, para mim, para que eu permitisse que fosse tratado como brincadeira de criança.

– Vamos, vamos, Tonho?

– Hum. Hum.

Os cinco pegaram gravetos e começaram a rasgar a terra vermelha com a quadra da amarelinha.

– Eu não posso me sujar – disse. Eu não posso ser vista, pensei.

– Quem vai primeiro?

– Eu sou a última. – Eles me olharam sem acreditar. – Quem vai primeiro? – Em qualquer outro dia disputaria minha vez, lutaria por meu lugar.

– Eu.

– Eu.

– Eu falei primeiro.

– Eu tive a ideia, eu escolho: o Celso vai primeiro.

– Ah! – Reclamação geral.

Celso começou a pular em um pé só.

Depois cada um dos outros.

Depois eu.

Meus pés estavam ali, tentando não queimar a linha, mas meus olhos não. Queríamos o céu. Brigaríamos por ele se preciso fosse até que a mulher chegasse com os chapéus.

Senhoras e senhores: venham e tragam seus filhos ao maravilhoso mundo do circo! Palhaços, trapezistas, bichos, Joel, o astro internacional do ciclismo. Um espetáculo para todas as idades!

– Olha aí, daqui a pouco vai começar e a mulher não vem – reclamou Tonho.

– Vem sim – acalmou Elisa.

– Que chapéus são esses?

– São de palhaço, com apito na ponta.

– Eu vou querer vender amendoim. Esse negócio de chapeuzinho não é comigo, é coisa de mulherzinha. – Celso sorria, gesticulando exageradamente. – Fiu. Fiu. Fiu. Fiu.

– Eu quero vender pipoca. – Tonho se garantiu.

– Eu também – gritou Inácio.

– Nós ficamos com os chapéus: eu e a Elisa – concordou Maria.

Pronto, agora estava definitivamente cortada da turma. E eu? E eu? Egoísta, com os meus quatro ingressos escondidos na faixa de pano da cintura. E eu?

Hoje tem espetáculo?

Tem, sim senhor.

Hoje tem quatro sessões: às dez e trinta, às quatorze, às dezesseis e às vinte horas.

Não percam.

Não perderia. Não era nem preciso chamar mais que não perderia as quatro sessões.

Entraria devagar, todas as vezes, um pé, depois outro, talvez sorrisse para o porteiro, talvez dissesse oi, talvez...

Não, não diria nada ou correria o risco de gaguejar, nem sorriria nem nada...

Apenas entraria e esticaria bem o braço para que ele visse que eu tinha um ingresso.

Quando a mulher apontou lá na esquina, Maria gritou:

– Olha lá, ela vem vindo!

Foi o alerta e eles começaram a pular agitados, esperançosos, felizes. E como eu não tinha mais o que fazer ali, fui caminhando, sozinha, dei a volta pelo caminhão e entrei no círculo que ladeava a casa de espetáculos. Entrava, finalmente entrava no "maravilhoso mundo do circo" como queria a voz do alto-falante.

Atrás do sol

Agora, de repente, não sabia mais explicar o que se passava dentro de mim: era uma sensação indefinível: alcançar a miragem: poder tocá-la: saber que existe! – era um frio na boca do estômago – e estômago tem boca? –, uma cólica que atravessava minha barriga, uma dificuldade leve e suave de respirar. Ansiedade e contentamento encontravam em mim a morada.

Do outro lado dos caminhões, o mundo era outro.

Atravessei-o, lentamente atravessei-o conquistando o espaço, reconhecendo o terreno que eu tão bem conhecia enquanto nu, quando apenas o estacionamento do seu João.

O céu estava azul. Um sol bonito, mas fraco. Meu pé enterrava na serragem úmida da manhã, provocando, ainda mais, um cheiro ruim.

A procura do porteiro... Não era o príncipe a procurar, no reino, a moça do sapatinho de cristal... era a guria feia a procurar, no circo, o porteiro dono dos olhos. Sorri da ideia.

•

Em frente ao primeiro caminhão, parei. Mulheres fantasiadas pela metade: umas de penacho na cabeça, outras de maiôs brilhosos, meias de rede preta, algumas rasgadas, outras mal emendadas com pontos grandes de fios coloridos: conversavam descontraídas, davam gargalhadas descontroladas... cigarros babados e manchados de vermelho corriam de boca em boca...

No meio da roda havia uma cadeira velha e lascada em que sentavam, uma de cada vez, sentavam para serem maquiladas de uma maquilagem berrante e carnavalesca.

Parei. Nem admirada, nem um pouco curiosa, nem um pouco nem. Apenas

parei.

– Queres trabalhar no circo, menina? – perguntou aquela que estava pintando, enquanto molhava o dedão na saliva para passá-lo, depois, na sobrancelha da outra, onde, decerto, aparecia um risco a mais.

– Eu? – perguntei insegura, e a insegurança não me deixa entender muito bem o que as pessoas dizem ou fazem à minha volta.

– É – ela insistiu debochada, enquanto fingia procurar mais alguém a meu lado. – Tu não és a visita, aqui?

– Eu... eu não quero, não! – respondi tremendo, pega de surpresa. As perguntas inesperadas dos estranhos sempre me deixam em pânico. Talvez o medo do desconhecido.

Novas gargalhadas.

– Ela não é trouxa! – gritou a loira feia, de cabelo empalhado e boca vermelha, onde brilhavam dois dentes dourados. – Ela não é trouxa!

Dessa vez as gargalhadas foram exageradas, escandalosas.

– Olha só a carinha dela! – gritou a que estava pintando as outras, enquanto cuspia o gosto ruim do delineador.

– Não faz assim, Maria! A guria vai ficar assustada. Olha aí, ó! Parece um bichinho. – E veio chegando e acariciando o meu cabelo.

– Eh! Vai largando, vai – disse a outra. – Vai largando que essa não é para o teu bico.

– Ciúmes é?

– Deixa disso.

Voltou-se novamente para mim:

– Veio visitar o circo, meu bem?

Sacudi a cabeça em sim. Eu tremia. Bichinho assustado, perdido na arena, entre as feras. Eu tremia.

– Você já assistiu a algum espetáculo?

Novo aceno com a cabeça, dessa vez que não.

– Olha aí – gritou a loira novamente. – A guria perdeu a voz. Foi só de te olhar.

Gargalhadas debochadas doeram no meu ouvido.

– Não faça assim, Maria, deixa a guria em paz!

– Não ligue, queridinha, ela é meio tantã.

– Meio? – perguntou alguém dependurado na porta do caminhão.

Virei a cabeça, lentamente, virei para olhar quem era: era uma moça morena que até podia ser bonita, não fosse o azul exagerado, sobre os seus olhos, que lhe dava um aspecto de máscara.

– Ô Mérion, a conversa ainda não chegou aí.

– Vamos, vamos, gente, olha a hora! – ela disse sem sorrir, e acho até que não podia sorrir, se o fizesse, se quebraria em mil pedaços.

– Sim senhora, chefinha – Maria ainda respondeu num tom de desafio.

Voltaram para o que faziam antes que eu chegasse. Corriam. Davam gritos e gargalhadas escandalosas, puxavam as meias, rebocavam mais e mais os olhos e a boca e eu deixei de existir ali.

Eram feias, velhas, os dentes pretos e amarelados do fumo, as bailarinas do circo!

Queria correr para casa, mas. Continuei caminhando. Ainda pude ouvir um tchau, benzinho.

Não respondi. Não que não quisesse. Apenas porque não poderia. Por mais que me esforçasse, não conseguiria.

Continuei caminhando. O sol incidindo sobre os caminhões e os ferros me jogavam nos olhos uma claridade insuportável. Por que, às vezes, as grandes descobertas são insuportáveis? Será que é a falta de aviso? Será que é o despreparo? Será quê?

– Upa!

Pechei com um meio-homem, meio-palhaço.

Tentei pedir desculpas, mas ele saltou na frente e entre gestos largos, olhos piscando exageradamente e mãos escancaradas, falou primeiro, numa voz estridente:

– Oh! Meus olhos ficaram ofuscados com tal formosura e quase não acreditei no que eles me diziam ver. Perdoe-me, maravilhosa criatura celestial, perdoe-me, divina senhorita.

E antes mesmo que eu pudesse dizer alguma coisa, saiu, direto, saiu daquele gesto de reverência para três cambalhotas no ar e, na última, ao tirar o chapéu da cabeça, perdeu as calças listradas, deixando aparecer um cuecão largo e cheio de bolas vermelhas.

Na certa, eu deveria rir e dizer alguma coisa, qualquer que fosse, para agradá-lo, mas não fiz nem uma nem outra: perdida, estava perdida no que deveria ser engraçado e não era.

Ele perguntou se eu não sabia rir e, como não houvesse resposta, fez um gesto de deixa para lá e continuou seu caminho, segurando a calça.

Homens de macacão vermelho me cortavam, correndo, à frente.

Deve ter me achado mal-educada, mal-humorada, mal-mal. Eu me achei má. Não deveria ter feito aquilo com o pobre homem. Ou com o pobre do palhaço? Ele saiu andando sem graça. Não. Quer dizer: ele saiu andando chateado. Também! Que droga! Por que eu sempre faço as coisas erradas nas horas erradas? Por que o meu sentir é sempre errado e o meu rosto me trai em vermelho e os meus olhos me traem arregalados e o meu silêncio me trai, mudo e denunciador, dizendo que. Eu sou minha inimiga. Eu sou minha inimiga, talvez fosse isso e, se fosse, quando haveria, entre nós, a trégua, como poderíamos construir a nossa paz?

Como inimiga, ainda, caminhei até as jaulas dos animais.

•

Ali o cheiro ruim era pior. As moscas rondavam o corpo do leão tirando-lhe a paz. Iam. Pousavam. Ele as espantava com uma batida preguiçosa de cauda e elas iam. Voltavam. Pousavam. Ele as espantava com uma batida preguiçosa de cauda e. Ficariam assim eternamente. Vida estúpida, pensei.

Do outro lado, a macaca me espiava. Ria com uns dentes escuros grandes e ria de um riso tão largo que deixava à mostra uma gengiva cor-de-rosa muito feia.

Ela era faceira. Não sei se tinha nome, mas, se tinha, devia ser Lisette: era exatamente como a Lisette da história* que dona Margarida havia contado em aula: saia vermelha com bolinhas brancas, calças amarelas com rendinhas brancas, blusa verde, brilhosa, pulseiras coloridas que tilintavam nos seus braços cada vez que aqueles dedos longos e cabeludos subiam aos olhos para escondê-los. Macaca tímida.

Fiquei olhando para ela, que brincava de esconde-esconde comigo. Era mais, muito mais, amistosa do que aquele bando de selvagens bailarinas. Era até mais bonita na sua feiura simpática.

Afinal, a gente descende ou não descende dos macacos? Talvez não tivesse, ainda, havido tempo suficiente para que Lisette virasse gente. Mas ela estava tão próxima, com aquele jeito alegre e estabanado de faceira.

Ou.

Ou será que os macacos de hoje, por castigo, estão condenados a ser macacos sempre? Como gente feia seria gente feia para sempre?, e infeliz seria infeliz para sempre?

Ela viveria e morreria macaca.

Por um momento, pensei que não queria que ela morresse, como morreu a da história. Parecia tão feliz assim. Será que ela sabia da morte?

•

Eu tinha medo de morrer. Tinha medo de ser colocada em um caixão e de ser coberta de terra. Tinha medo de não poder respirar, lá embaixo, e de sentir qualquer dor. E, mesmo que, morta, já não pudesse sentir, tinha medo de sentir o que não poderia sentir mais. Talvez não dê muito para entender, mas quem disse que o medo tem de ser justificável?

Quando dona Margarida me perguntou se tinha mesmo medo de morrer ou se era vontade de viver, respondi, logo, que era vontade de

---

* Clarice Lispector. Macacos. In: *A legião estrangeira*. São Paulo: Ática, 1977. p. 45.

viver. Não que tivesse certeza disso, mas sabia que era a resposta que ela queria ouvir. O medo? Esse, sim, era certo. Medo até do incerto de depois da morte.

São Pedro estaria na porta do céu, todo vestido de azul, careca com uma barba muito branca caindo-lhe sobre o peito, carrancudo, esticaria o dedo na minha direção:

– Você.

– Eu?... Eu?

Gostaria que minha mãe estivesse junto comigo, teria frio. Não sei por que a solidão e o perigo trazem, sempre, consigo, a sensação de frio. Quereria estar protegida no abrigo do seu colo.

– Você, sim, aproxime-se.

E eu caminharia, lentamente, caminharia até ele e ele tiraria de entre as nuvens um livro enorme, pesado, preto.

Procuraria a letra do meu nome. Me olharia dentro dos olhos, com repreensão, e começaria a ler a minha vida em voz alta, grave.

Todos os mortos e anjos e santos ouviriam tudo e me olhariam incrédulos, como eu, com essa cara de sonsa, fui capaz de?, e eu teria frio e, morta, morreria de vergonha: todos saberiam que fui má.

Depois,

muito depois,

quando todos já soubessem de tudo, viria o julgamento. A pena seria o purgatório: uma casa toda branca, de paredes e portas brancas, sem janelas e o teto altíssimo, de uma altura tal que eu não ficava sendo mais do que uma formiga. Uma casa vazia e extremamente fria, onde eu teria que fazer muitas e muitas coisas como muitos e muitos temas prometendo não ser mais assim.

Mas eu era mesmo tão má?

Descobri que o medo e a culpa sempre andam juntos.

E.

E se não houvesse nada depois da morte?

Ouvira minha mãe dizer que, se fosse assim, a vida não teria nenhum sentido: nascer, crescer, trabalhar, envelhecer, morrer... E mesmo a dona Glória afirmava, para quem quisesse ouvir, que recebia espíritos do além. Até Nossa Senhora ela dissera que recebera, um dia.

Isso eu jamais saberia se era verdade ou não. É dessas coisas em que se acredita ou não acredita.

Quanto a mim, tinha medo só de falar nesses assuntos. Preferia ficar apenas com o que fizesse parte da minha vidinha e, nos momentos, todos, em que estava de pazes feitas com Deus, sentir Nele apenas o que fosse amor.

O resto?

O resto só morrendo para saber e eu não queria morrer. Havia, comigo, também, uma vontade grande de viver, era isso, dona Margarida também estava certa.

Às vezes, é verdade, a vida me parecia – como ainda hoje me parece às vezes – insuportável, como se a carne de que fui feita fosse frágil demais para ela, mas, ainda assim, queria – e quero – viver com tudo de bom que imaginava – e imagino – que ainda teria – e tenho – pela frente.

•

Lisette continuava macaqueando.

O movimento, às minhas costas, era grande. Eu não me atrevia a virar. Talvez apenas a macaca estivesse suficientemente próxima àquilo tudo que sonhara do circo. Tudo o mais me dava medo: tudo tão feio, tão sujo, tão podre.

O anão passou por mim e cumprimentou a macaca. Algum dia pensara em ser grande?

Virei.

Apesar do medo, virei e olhei tudo com calma, detalhadamente: fantasiados, eles eram apenas fantasiados e não mais do que isso.

De repente, aconteceu e só a surpresa do esperado, a alegria do desejado poderia me tirar daquele estado que era só meu e começava a me tomar – ele estava ali.

O porteiro estava ali, já vestido, com a sua capa prateada, de homem espacial.

Descera do céu?

Era homem?

Ele conversava, animadamente conversava com duas moças. Ria, como riem os homens. Se movimentava, como se movimentam os homens. Respirava, como respiram os homens. Como os homens, ele existia! E eu, que chegara a duvidar que ele existia?

Tinha vontade de chegar perto, talvez falar-lhe, mesmo que não soubesse o que dizer, e, sobretudo, vontade de que ele me visse.

Não.

Não era preciso, não para o tamanho daquilo que eu sentia dentro de mim, porque o que eu sentia podia, muito bem, ser povoado de olhares e de silêncio até para garantir a minha própria sobrevivência. Era uma forma de amor. A minha forma. Bastava ficar ali, parada, olhando para ele, achando-o tão bonito, tão capaz de me fazer feliz.

O amor, então, era aquilo?

Bastava olhar o ser amado para ser invadida por uma sensação única e contraditória, alguma coisa que bem poderia ser a felicidade?

Queria que o tempo não passasse e que ele ficasse assim e que eu ficasse assim: (

...) Não ficou.

Um homem, daqueles de macacão vermelho, bateu no sino dependurado próximo à entrada dos fundos do circo, provocando um som estridente que agitou todo mundo.

As pessoas, fantasiadas, corriam, de um lado para outro. Era a hora e, na hora, tudo me continuava tão pobre, tão feio, tão triste, tão diferente do que eu queria que fosse, aquele cheiro, que fechei os olhos com força e respirei devagar, aquele cheiro ruim, respirei tentando conter a asma, alarme imediato de que alguma coisa estava mal. Ainda mais agora, que ele me fugira.

Senhoras e senhores: venham e tragam seus filhos ao maravilhoso mundo do circo! Palhaços, trapezistas, bichos, Joel, o astro internacional do ciclismo, Miss Mérion e seu apavorante gorila...

Um espetáculo para todas as idades!

Caminhei até a entrada do circo tentando não pensar, não sentir, como se fosse possível não pensar e não sentir, como se não fosse o pensamento que se pensa sozinho dentro de mim, como se não fosse o sentimento que se faz sozinho dentro de mim.

As pessoas se amontoavam na frente, coloridas, alegres. Gritos por toda parte. Risadas. Era um clima de festa onde eu era a estranha.

Meus amigos faziam o que podiam:

– Amendoim, quem vai querer? – gritava Celso.

– Chapéu. Quer comprar um chapéu? – oferecia Maria.

– Pipoca quentinha. Olha aí – vendia Inácio.

Por que eu não participava daquilo?

O que em mim começava a ser diferente?

Queria ser parte da festa, mas. Já conhecia o circo do outro lado e agora eu era uma grande mistura de impressões.

•

Esperei que o espetáculo começasse para entrar, e esquecida de tudo o que havia pensado e ensaiado, entrei ligeiro, quase correndo, tropeçando nos meus sapatos, sem coragem de olhar para o porteiro. Por pouco não bati no cabo de aço que segurava a lona. Meu coração batia descompassadamente, querendo fugir do meu peito. Entrei e entrar foi um ato de coragem.

Estava cheio.

Vermelha, e quase sem ar, fui subindo pelas pessoas – só um pouquinho, com licença, deixa eu passar?, dá licença? – para alcançar o último lugar da arquibancada. Sentei ofegante.

Olhei em volta.

•

Era bonito, assim, do jeito que estava.

Luzes coloridas, a música alegre de uma bandinha, roupas brilhosas, plumas, artistas prateados e dourados entrando e saindo do picadeiro, sem parar.

O domador, o corajoso domador de um leão velho e cansado, estalando o relho no chão e pedindo aplausos.

O mágico, que tirava e tirava as coisas da frente dos meus olhos e as colocava e as trocava sem que se pudesse saber como. Se fosse ele, passaria o dia fazendo pombas, faria tantas e das mais bonitas que nunca ninguém jamais viu.

Os palhaços dando e apanhando, uns dos outros; as crianças rindo; os palhaços tomando um banho de talco e outro de água fria; as crianças rindo.

O anão pedalando uma bicicletinha minúscula e, depois, uma bicicleta de uma roda só – o astro internacional do ciclismo.

Lisette sendo obrigada a caminhar em cima de uma bola e virar de cabeça para baixo e se equilibrar em uma só mão e, com aplausos, pedir aplausos. As crianças aplaudindo.

O porteiro, coberto por uma luz azul, lá em cima, voando liberto, encantado, mágico, de um trapézio para outro. Miss Mérion voava com ele.

Ele também foi o índio, podia reconhecê-lo através da peruca e da pintura, eu o reconheceria sempre, fosse o disfarce que fosse, atirador de facas.

Ele também foi o chicoteador, daqueles que, vestidos de caçador, rasgam jornais ao meio com uma só chicotada, tiram o cigarro da boca de alguém. Miss Mérion era o alguém.

Também foi o gorila que, de repente, num acesso de fúria, rompe a jaula e foge do picadeiro, assusta as crianças e rouba a bolsa de uma mulher da plateia, que grita, desesperadamente grita, enquanto Miss Mérion mantém um sorriso artístico, frio, desses que não transmitem nada.

Era bonito sim, eu achava, mas achava tão bonito quanto achava bonito o meu sapato apertado que, realmente, era bonito.

O espetáculo terminou com todos os artistas de mãos dadas, no picadeiro, cobertos por uma luz azul, enquanto a bandinha tocava e tocava uma triste alegre valsa do adeus.

As crianças aplaudiam, encantadas, empurradas pelos mais velhos, que temiam o choro do querer ficar mais...

Os artistas agradeciam. Olhei um a um e reconheci as mulheres todas, reconheci os homens, reconheci as pessoas feias, mal-educadas, tristes e, de repente, não sabia mais se o sorriso que tinham no rosto era de alegria, de missão cumprida ou apenas um sorriso: sem sentir, sem significar.

Tinha conhecido o outro lado do sol e agora me era difícil escolher em qual acreditaria.

•

Dona Glória havia dito, num dia de chuva, quando as casas já estavam quase totalmente destelhadas e as panelas e latas todas distribuídas pelas peças para aparar a água:

– Nada na vida é só positivo, como nada na vida é só negativo, as duas coisas existem juntas e de tal forma misturadas, que é difícil, muito difícil separá-las: é preciso, primeiro, saber ver.

Saber ver e distinguir.

Lá fora, o positivo era o porteiro e Lisette, mas aqui dentro? Era tudo positivo?

Era, sim. Era para todas as crianças, ou eu não via bem a felicidade estampada no rosto de cada uma delas?

Mas.

Poderia ser positivo o que na verdade era mentira?

Em que ponto, exatamente, em que ponto, se encontram a mentira e a verdade? Distingui-las como?

Isso, ninguém me responderia.

Claro, não se tratava das pequenas mentiras. Tonho era mentiroso, e disso todo mundo sabia. Estava, ainda, terminando de fazer o que era proibido e, mesmo tendo as provas do "crime" nas mãos, pulava na frente e gritava:

– Não fui eu. Não fui eu.

Ah! Isso lhe valeu muitas surras do seu Ênio. Mas essas eram pequenas mentiras e eu queria saber das grandes mentiras, essas em que a gente se vê envolvido e depois não consegue mais sair. Isso de ser e não ser verdadeiramente. Isso de ser o que as outras pessoas querem que a gente seja em determinados momentos. De dizer o que os outros querem ouvir.

Isso, também, nenhuma pessoa seria capaz de me responder, como se fosse normal, na vida, acontecer assim. E é:

As duas coisas existem juntas e de tal forma misturadas que é difícil, muito difícil separá-las: é preciso primeiro saber ver.

– Gostou?

– Hã?

Era Elisa.

– Gostei, sim, muito. Onde está o resto da turma?

– Eles já vêm, foram entregar os cestos da mulher.

– Vocês venderam bastante?

– Vendemos sim, quase tudo.

Celso voltou pulando de felicidade. A manhã tinha rendido muito para eles: tinha conseguido entrar, de graça, no circo e, ainda por cima, obtiveram lucro para dividir entre eles.

Achei bom e sorri.

Não demorou muito para que Tonho chegasse, abanando o dinheiro na mão e rindo de mim, que fui burra:

– Olha aí, ó! Podias entrar de graça e ainda ganhar mais dinheiro, agora, azar teu.

– É mesmo – concordei.

Acho que só concordei para não ter que discutir o que eu não queria discutir.

– Gostou? – perguntou Maria.

– Hum. Hum.

– Ah! Eu queria ser como a Miss Mérion – disse num ar sonhador.

– Miss Mérion?

Me veio logo à cabeça um modo impessoal de ser com que definiria e definiria bem Miss Mérion e, ao mesmo tempo, uma certa inveja de vê-la sempre presente ao lado do porteiro. Assumisse ele o papel que assumisse e ela estava lá, com aquele sorriso sonso.

– É. Ela é linda, não é?

– É – concordei com raiva. Queria que todos a tivessem achado muito feia. Queria que ela fosse realmente feia.

– E eu, o atirador de facas. – Foi a vez de Tonho.

– Eu é que não fico na tua frente – implicou Celso, rindo. – Na primeira facada posso perder a orelha, eu é que não me arrisco, de jeito nenhum.

Rimos todos e Tonho ficou ofendido:

– Eu não, pô! Eu não, pô!

E, antes que ele resolvesse partir para a briga, tentei mudar de assunto:

– E tu, quem querias ser?

Perguntei para o Celso, mas foi o Tonho a responder – não perderia por nada a oportunidade:

– A macaca que anda em cima da bola.

Nós rimos, mesmo sem querer, rimos.

Os dois se pegaram a socos e rolaram arquibancadas abaixo. Se um dos homens de macacão vermelho, que começavam a limpar o picadeiro para a próxima sessão, tivesse se aproximado para separar a briga, teríamos dito:

– Pode deixar, são amigos.

Eles estavam ocupados demais para se importar conosco. Levantei e fui saindo. Maria da Glória, Elisa e Inácio vieram comigo. Celso e Tonho ficaram lá: agarrados, grunhindo a raiva guardada. Eram amigos e como amigos sairiam de lá.

Era a hora do almoço e meu estômago reclamava a fome. Minha mãe estava com a cabeça para fora, na janela. Na certa, já viera até ali umas tantas vezes, se desmanchando em preocupações...

Olhei ainda, tentando achar o porteiro, e, como não o encontrasse, não virei mais.

– Vens de tarde? – gritou Elisa, que se afastava rapidamente.

– Venho.

– A gente se encontra lá na frente, então.

– Hum. Hum.

Engraçado o sentimento que eu trazia do circo: era uma espécie de raiva, de birra, de vontade de desforra. É isso: voltaria, sim. Mas não pelo espetáculo, talvez voltasse por uma coisa maior: a coisa tão misturada que estava dentro de mim e que vinha à tona em forma de raiva.

•

Minha mãe já estava com a comida pronta e servida, mas não estava braba, não.

Bateu no meu ombro em boas-vindas, beijou minha testa e me mandou lavar as mãos.

Fui e antes de ir tirei os sapatos. Aquilo também era a liberdade.

Sentamos uma na frente da outra:

– Como foi? – Ela foi a primeira a falar. – Pensei que tu ias chegar aqui contente, falando pelos cotovelos e tu chegas assim, tão quietinha. Como foi, bom?

– Foi bom.

Ela ficou esperando que eu completasse a resposta e eu esperando que ela entendesse que estava tudo dito.

Tinha este hábito: uma espécie de brincadeira que fazia com as pessoas sem que elas soubessem. Não tinha regra, porque a regra era o meu humor, bastava prestar atenção no rosto delas para que se pudesse perceber o que queriam que eu dissesse ou sentisse e, então, dizer ou dizer que senti apenas pela metade. A reação era divertida: elas sempre queriam o inteiro, jamais a metade, e a frustração se estampava no seu rosto e me dava até um certo prazer: uma ideia de domínio e de força. Coisas que eu não tinha, mas brincava de ter. Brincar também pode ser viver?

– Só isso? – ela insistiu.

– Não. Foi bonito – disse quase sem pensar, presa, apenas, aos olhos dela, desafiando-a.

– E o que mais?

– Ah! Não sei – respondi sem paciência. – Não sei.

– Aconteceu alguma coisa lá no circo?

Aquela calma toda e aquele jeito sempre pronto a me proteger às vezes me irritavam, hoje me irritavam.

– Aconteceu. Quer dizer: não aconteceu nada.

– Filha, o que está acontecendo contigo? Tu andas tão... tão calada... tão pensativa. Parece triste... por que não contas para a tua mãe tudo o que estás sentindo?

De repente, me dava conta de que a minha brincadeira não passava de um truque que usava para me esconder de mim mesma, quando desviava minha preocupação para os outros.

Queria contar, mas não podia e, sem saber e não querendo, ela também participava disso. Pensava que me tinha feito imensamente forte, quase insensível – era assim que me descrevia – porque ela não queria que eu sofresse. As mães nunca querem que a gente sofra, mesmo o que se tem de sofrer pelo simples fato de estar vivo. Mas. Ao contrário. Eu era infinitamente frágil e vulnerável e, e, então, não sabia mais se podia ou se, ao menos, tinha o direito de mostrar para ela que era exatamente o oposto do que pensara ter feito de mim e que descobrira, antes dela, que o que vem mais lá de dentro e no que vem mais lá do fundo, ninguém faz ninguém. Não foi mesmo preciso dizer mais nada para que as lágrimas chegassem.

Foi assim.

Tem sido assim sempre, como se as lágrimas pudessem dizer de mim mais do que qualquer palavra.

Também! Nunca soube, mesmo, falar de mim. Talvez por falta de hábito. Talvez por vergonha. Talvez porque não me gostasse o suficiente para isso. E, hoje, acho que paguei caro por não saber.

Coisas que poderiam ter sido reduzidas, minimizadas por uma palavra amiga, dilaceraram meu coração, doeram minha garganta até a infelicidade. Falar, nunca.

Ela me fez um carinho. Falou de coisas que queria me dar e não podia e terminou chorando.

Eu não disse mais nada.

Ela não disse mais nada.

Era sua vez de lavar a louça e ela levantou e lavou.

Eu fiquei sentada, brincando com dois grãos de feijão endurecidos que colavam e descolavam da toalha.

O alto-falante largara uma rancheira para cantar nas nossas cabeças.

Os vizinhos já começavam a reclamar do barulho e dona Raquel se dispôs a liderar o movimento:

– Tenho vontade de "esganarrr" aquele velho!

Aquele velho era o seu João. Não conseguia imaginá-lo reagindo a qualquer agressão. Ele estava tão distante de tudo isso!

O que tinha de fraco, na aparência, tinha, também, de bem-educado. Jamais levantara a voz contra alguém, jamais se queixara de alguma coisa. Era dessas pessoas para quem tudo está sempre bem:

– Pode deixar assim, está bem assim – era o que mais dizia. – Não se preocupe. – Mesmo que o deixar e o não se preocupar implicassem prejuízo pessoal.

Agora, ele era acusado e nem lhe davam o direito de defesa, já que viajara tão logo o circo chegou à rua e ninguém sabia para onde.

Descansar, era tudo o que queria, descansar na solidão visivelmente doída que a mulher lhe deixara.

Quem o defenderia daqueles que o agradaram quando o circo chegou e agradeceram por ser o circo e não o fim?

Quem?

Eu o defenderia. – Me surpreendi heroica.

– Não se tem um momento de paz, desde que eles chegaram – dizia ela à porta de casa. – O que tu achas de nós "fazerrrmos" um abaixo-assinado pedindo que "tirrrem" eles daqui e "levarrr" "parrra" "o" "prrrefeiturrra"?

Quanto mais braba ficava, mais carregava os erres, mais cuspia em quem estivesse na sua frente.

Minha mãe ficou sem saber o que responder.

Era verdade que se tinha perdido a paz – talvez eu até tivesse perdido mais do que isso –, mas ela não podia responder assim, de imediato, sobre o que poderia ser o melhor para mim, não sem antes conversarmos – meus olhos queimavam suas costas e ela sabia –, se, afinal, eu tinha esperado tanto.

– Eles vão logo embora, dona Raquel.

Foi um jeito de responder sem responder que.

– Vão nada. Ou a gente toma logo uma "prrrovidência" qualquer ou eles tomam conta da gente. Conheço bem esse tipo de pessoa. Vão chegando "devagarrrinho, devagarrrinho" e acabam tomando conta de tudo.

– Quem sabe se nós, primeiro, fôssemos lá conversar com eles e saber por quanto tempo ainda pretendem ficar?

Eu sabia que ela ia dizer isso. Puxa! Como sabia! E, se não dissesse, desconheceria tudo o que conhecia da minha mãe.

– A gente pode "fazerrr" isso, mas eu ainda acho que devemos "tomarrr prrrovidências" muito mais "sérrrias" e, quando aquele velho "chegarrr", alguém tem que "falarrr" com ele, ele não pode "trrrazerrr" um "cirrrco" "parrra" cá sem "perrrguntarrr" "parrra" ninguém.

Ela queria me ouvir, ela estava pedindo que eu falasse. Botei as mãos na cintura, meu coração disparou, veio um frio no estômago e um quase não enxergar mais e me lancei à defesa:

– Olha aqui, ó! – comecei bem mal-educada. – Eu acho...

– É, pode ser, mas vamos falar com eles primeiro. – Minha mãe me interrompeu com olhos de censura.

Voltei ao meu posto de observação e escuta. Meu coração estava inquieto.

– Eu acho bom que os homens falem, não é?

– É, talvez seja bom os homens falarem – concordou minha mãe.

Dona Raquel foi embora e ela fechou a porta tentando se justificar:

– Antes mesmo dele chegar, a gente já sabia que, um dia, ele teria de ir embora, não é?

– É, mas deviam perguntar para a gente quando é que o circo pode ir embora ou, pelo menos, deixar que ele vá embora quando eles decidirem. A senhora vai ver se alguém vai perguntar alguma coisa para algum de nós, a senhora vai só ver.

– Mas isso não depende da vontade de vocês e, depois, oh filha!, vocês não passam de um bando de crianças.

– Crianças... crianças quando convém para vocês, quando não convém, vocês falam em mocinha e mocinho, não é? E, afinal, o que é que depende da nossa vontade? Sabe o que eu acho? Eu acho que a gente devia decidir junto com vocês se vocês devem ou não devem falar com eles. É como se o circo fosse nosso, entende? Dá para entender?

Estava irritada por uma coisa que, afinal, nem era mesmo da minha competência, nem dizia mesmo mais nada para mim. Não como antes. Mas era por todas as coisas que daí para a frente eu queria ter podido decidir, talvez sobre mim mesma, talvez sobre a vida, e que eu nem sequer conseguia ou sabia, ainda, quais eram.

•

Voltei à tarde para a segunda sessão.

Dessa vez os sapatos doeram muito e eu os troquei pelos tênis mesmo.

Não ficava bem assim: de vestido branco de florzinhas cor-de-rosa e de tênis encardidos, mas também não fazia mais muita diferença – encarando a realidade de frente, como queria minha mãe –, para o porteiro eu não existia, quer de sapato, quer de tênis. Fui.

Meus amigos já estavam lá, aglomerados na frente do circo, separados pelas pessoas que chegavam.

Eles já sabiam. Dona Raquel se encarregava de bater de porta em porta para arranjar adeptos suficientes para expulsar o circo da nossa rua.

Eles estavam tristes e desanimados. Agora que tinham a alegria do circo, agora que trabalhavam no circo, agora que faziam parte dele e podiam entrar e sair a hora que quisessem, queriam tirar-lhes tudo. É. Agora seria tirar tudo.

– Judas, Judas, Judas – dizia Tonho, furioso, entre um grito de amendoim torradinho e outro...

Eu?

Eu queria sentir o que eles estavam sentindo, do tamanho que eles estavam sentindo e sofrer com eles toda aquela perda que estava começando a lhes tomar conta. Mas. Estava mergulhada nas minhas próprias descobertas, nas minhas próprias dúvidas.

Limitei-me a entrar, com uma bola na garganta, entrei.

Dessa vez fui olhando para os meus pés. No meio de tantas pessoas, ele não devia ter olhado meus tênis.

Senhoras e senhores: boa tarde!

– Boa tarde!

Criançada: boa tarde!

– Boa tarde!
Sejam bem-vindos ao maravilhoso espetáculo do mundo: o circo...

Foi tudo tão igual!

A vida deles era só aquilo? Era ser igual um dia depois do outro? Mas também era assim a minha vida e eu que queria ser diferente todos os dias.

Cheguei a rir quando vi que a mulher desesperada, de quem o gorila roubara a bolsa, era a mesma e o mesmo desespero.

Depois,

depois pensei e a respiração ficou difícil e difícil,

depois, quando veio a pergunta:

Por quê?

E, de repente, o que deveria ser amedrontador e engraçado era amedrontador e triste. Imensamente triste.

Por que aquela velha tinha de estar ali, trabalhando de assustada em um circo?

E o meu por quê? se juntou, mais tarde, a todos os outros por quê? que eu jamais soube responder.

Queria ver o espetáculo na expectativa do meu sonho, mas. Ele já existia de outro modo e a tudo o que pudesse, ainda, ser maravilhoso, transparecia, agora, a imagem da velha.

Senti pena dela: uma mistura de revolta e de ternura: tão frágil naquele cabelo branco e naquela pele retalhada! Tão frágil no meio da brutalidade de uma cena que dizia do mundo que não devia ser o seu!

Foi a primeira vez que senti assim de uma pessoa: a minha pena era o que os grandes chamariam de primeira consciência.

O que eu queria?

Queria que ela não fizesse aquilo e que, se não podia ser Miss Mérion, que pelo menos risse e risse do falso gorila e do circo e do medo que tinha de ter e. Mas.

•

No intervalo entre as duas sessões corri, talvez fugindo do resto das crianças – com licença, me deixa passar, dá licença? –, talvez tentando fugir de tudo o que eu começara a compreender, no intervalo entre as duas sessões, corri e fiquei junto à jaula de Lisette.

Não falaríamos e não arriscaríamos por nada a nossa amizade e, o mais importante, preservaríamos, as duas, a nossa individualidade, a dela de macaca faceira e tímida, a minha de quem começava a ser.

O movimento, às minhas costas, era grande.

Pessoas riam, caminhavam, apressadas, gritos, palavrões, olha a hora, vamos lá gente, está em cima...

Lisette entortava a cabeça e me olhava curiosa, ia e vinha e pulava e entortava a cabeça curiosa.

E quando ficasse velha?

Quando fosse velha, na certa a largariam por aí, em alguma estrada, para que terminasse com sua velhice, e a substituiriam por uma macaca nova.

Lisette me olhava curiosa. Depois, escondia os olhos.

Seria assim?

O homem bateu no ferro. Era o sinal.

Queria ir para casa, mas voltei à terceira sessão por ela... Era a nossa diferença, compreendi...

Era o seu trabalho, ela, pelo menos, não havia sido abandonada em nenhuma estrada, era o seu trabalho e ela procurava fazer o seu papel cada vez melhor, cada vez melhor, os gritos mais desesperados, a expressão aterrorizada num rosto extremamente branco, cada vez melhor, até que um dia, talvez não muito distante, morreria mesmo de medo e dela diriam apenas: a vontade de Deus... eu começava a querer a guerra e ela só queria a segurança da paz.

Querendo a guerra, rasguei o quarto ingresso e, cedo, muito cedo, estava na cama, tentando me acostumar com tudo o que vira e sentira.

•

– Deve ser o cansaço da emoção – disse minha mãe quando me colocou na cama e me cobriu, como todos os dias, e me beijou desejando uma boa noite acompanhada de santos e de anjos.

E era. Só não era daquele cansaço, só não era daquela emoção.

•

Sonhei com o porteiro.

De repente, ele pulava de um trapézio, altíssimo, colocado no céu, e caía de pé, suavemente, caía muito próximo a mim.

Olhava em volta até que pudesse me encontrar.

Encontrava.

E então ele vinha, homem espacial, lentamente, vinha, me tomava pela mão e me levava para o centro do picadeiro e acarinhava o meu rosto, com extrema delicadeza, enquanto seus olhos penetravam e desbravavam minha alma, meus segredos, meus eus. Depois, acarinhava meus ombros, beijava meus seios – os que não tinha – por sobre a roupa e o meu pescoço e me puxava até o encontro completo dos nossos corpos e me beijava a boca.

Eu sentia frio e calor, uma espécie de náusea que me dava prazer.

Não é assim que os filmes de circo terminam?

Não era assim que eu queria que terminasse o meu sonho e, quando meu corpo já estava cansado da explosão implodida, continuei-o acordada: passearíamos de mãos dadas por todo o circo.

Desfilariam à nossa frente os rostos de quem eu mais gostava: minha mãe e dona Margarida apareceriam juntas, como gêmeos xifópagos.

Depois,

na lentidão em que tudo se desenrolava,

depois, atravessaríamos a rua de ponta a ponta sob os olhares curiosos e aprovadores de todos – dona Raquel, dona Glória, seu João, dona Eva, Celso, Tonho, Inácio, Elisa, Maria... – para irmos buscar, em algum canto, a velha do circo a quem pegaríamos para nós com a delicadeza com que se pega o objeto raro e frágil.

Tudo era extremamente bonito.

•

Então era isso que as pessoas queriam dizer com:

– O amor é capaz de transformar todas as coisas: – ? – Talvez sim. Talvez não.

O sonho é bem capaz de transformar todas as coisas, mas, para que se realize a alquimia que transforma o sonho em realidade, é preciso muito mais, mas muito mais mesmo do que sonhar:

É preciso fazer.

Fazer – numa conquista lenta e gradativa onde tudo é exigido: o ser inteiro: de coragem e covardia; da beleza e feiura; de fora e de dentro: paciência, ideal, amor, abnegação, sofrimento, felicidade e.

Eis a fórmula:

– Senhoras e senhores: boa vida! Criançada: boa vida! Sejam bem-vindos ao maravilhoso espetáculo do mundo: a passagem.

Deixem, um momento, de lado, suas cartolas. Deixem descansar as pombas e as lebres.

Esqueçam as fitas e fitas e fitas e fitas e. Quem quer fitas?

O segredo é simples porque é puro e quanto mais puro, mais simples é. É como as pessoas.

Estão vendo isso?

são alguns cubos.

Confiram:

são alguns cubos.

Não há truques ilusionistas: esse é o material.

Vamos, então, à fórmula: atenção, tambores!

Não requer prática, mas requer habilidade, toda a maior habilidade.

Atenção, tambores: a fórmula é:

acertar o cubo que encaixa perfeitamente no cubo sem deixar espaço, sem ficar em falso – fazer a realidade.

Quem me acompanha?

A cor do azul

Era cedo, ainda, na segunda-feira, quando os homens da rua – maridos e pais, cidadãos respeitáveis – foram, todos engravatados e metidos em ternos que há muito não saíam do guarda-roupa, foram, solenes, foram em comissão falar com o dono do circo.

Agora, o clima era de expectativa e de mistério.

As crianças emburradas.

Engraçado como as pessoas se deixam contagiar e envolver apaixonadamente por qualquer causa, justa ou injusta, sede de participação? sede de oportunidade para mostrar a força?

Formam uma máquina tão absolutamente forte que nada é capaz de deter sua engrenagem. Sempre triturando. Sempre triturando. Sempre triturando. Onda gigantesca que vem e leva tudo. Os que ficarem se afogarão em suas próprias razões.

Era uma guerra surda: diplomática: nós contra o circo: o circo contra nós.

As crianças furiosas.

Os comentários quase não faziam sentido: eles vão ter que ceder. Não adianta. A gente vai ter que ficar aguentando este circo aí a vida inteira? Olha só a sujeira da rua! Eu já ia direto para a polícia! Eu também. Meu marido é que não deixou...

A verdade é que, amontoados em frente à minha porta, davam vida ao que ainda não era: e o circo lá, em paz, esparramado em colorido sobre o terreno do estacionamento, silencioso, descansando, que segunda-feira não tem espetáculo, não senhor.

As crianças tristes.

Talvez a única pessoa que não compactuasse com aquilo tudo fosse a dona Glória.

Botou a cabeça marrom e branca para fora da porta e, num hálito de defumação, pediu que os deixássemos trabalhar.

– O que eles estão fazendo? Apenas trabalhando...

Como não houvesse resposta, não insistiu. Fechou-se, novamente, com seus santos de madeira e de barro, seus colares de concha, suas próprias poeiras.

Ainda ouvi alguém dizer:

– Cada dia mais caduca!

•

A espera ainda durou muito tempo e houve até quem lembrasse de grandes desgraças. Seu José foi armado? Deus nos livre!

Ninguém foi trabalhar.

Seu Isaac poderia xingar o quanto quisesse que Tonho não arredaria o pé dali.

Maria da Glória esqueceu, pela primeira vez, esqueceu da ordem de importância das coisas e não foi para a lojinha.

As mulheres iam, punham mais água no feijão, olhavam o arroz, mexiam a carne e voltavam para, logo depois, irem, loucas de raiva, colocar mais água no feijão, olhar o arroz, mexer a carne e... agitadas. Faladeiras.

Já passava do meio-dia e não havia, ainda, nenhuma resposta.

Vez que outra surpreendia Celso e Elisa passando as mãos nos olhos e fungando, secretamente chorando.

Tonho, se fazendo de muito mais forte, se perdia numa enfiada de palavrões enquanto dava grandes socos sobre a calçada.

Inácio estava mudo, patético, distante.

Eu?

Não gostava daquilo. Não gostava nada daquilo.

Entrei em casa, almocei, vesti o guarda-pó sem nenhuma palavra, apenas presa ao olhar de quem nada entendia, de minha mãe, e, ao mesmo tempo, indignada pelo seu sorriso de aprovação pelo que considerava meu senso de responsabilidade e fui para o Grupo.

•

Respondi presente, na hora da chamada, mas. Meu coração estava ausente.

Meu coração perambulava, perdido, pela vida, pelas coisas todas que eram sem que compreendesse, pelas coisas que não eram sem que eu aceitasse, pelas coisas todas que seriam...

Dona Margarida me interrompeu:

– Quem vai começar?

Foi um susto. Era o dia da poesia e eu nem me lembrava de que era o dia da poesia. Pensar rápido. Pensar rápido.

– Tu.

– Eu? – Sempre eu, pensei, tudo eu, por que eu?

– Podes começar?

Não. Não posso, queria responder, não quero e respondi:

– Posso.

Por quê?

Foi a pergunta que eu mesma me fiz. Talvez porque estivesse decidida a enfrentá-la de uma vez por todas. Perder o quê?

– Vem para a frente.

– Sim, senhora.

Podia perceber que ela desaprovava meu jeito de caminhar, demorado, inseguro.

– Qual é a poesia?

– Não me lembro do nome.

– Poesia não tem nome, tem título. – Me corrigiu satisfeita por estar me corrigindo.

Toda a sala riu e eu me limitei a respirar fundo, pelo menos até onde meu ar podia alcançar.

– Sim, senhora.

Vontade de correr para casa, de chorar, de quebrar, de dizer muitos nomes feios, de me esconder.

– Qual é o título?

– Não sei, não senhora.

Nova gargalhada.

– Tu gostas de te fazer de engraçadinha, não é? – Ela estava possessa. – Não é?

E como eu ficasse em silêncio, insistiu:

– Responde!

Respondi, e não sei com que coragem!, respondi no mesmo tom ríspido com que ela me forçou a responder:

– Não gosto, não senhora. Ninguém gosta.

Ignorou o tom da minha resposta, mas já, então, eu estava braba, pronta para a guerra.

– Sabes o autor?

– Só sei que o primeiro nome dele é Mário.

Fez uma expressão de insatisfeita e se pôs a escrever e a escrever naquele horrível caderno preto. Decerto anotando que eu não sabia nada, que não havia preparado nada, que era má, que dessa vez não passaria mesmo de ano...

– Preparaste a poesia para hoje?

Ela me olhou com severidade e eu não conseguia parar de tremer, agora não escaparia de um longo sermão e de uma montanha de castigos:

– Esqueci.

Minha voz sumia.

Nova gargalhada.

Ela virou para a turma, sua voz estava carregada de ira, suas narinas dilatadas, seus olhos querendo sair das órbitas e pular por sobre as lentes verdes:

– Nós não precisamos de nenhum bobo da corte, mesmo porque não cumprir com as obrigações não tem nenhuma graça.

A aula silenciou e ela virou-se, de novo para mim, dando o assunto por encerrado:

– Pode sentar.

– Não, senhora.

Dessa vez estava mesmo decidida que iria até o fim, mesmo que o fim fosse apenas isso.

– Não o quê?

Aquilo era grito ou era apenas uma pergunta a mais? Decidi que era uma pergunta:

– Não vou sentar. – Ela ficou pálida. – Vocês ainda não me deixaram falar, pô! A senhora brigando e elas rindo. Eu não vou sentar. Quero dizer a poesia. Não me lembro do título, não sei o resto do nome do autor, não preparei nada para hoje, mas vou dizer a poesia e não vou sentar enquanto não disser.

Ela me olhou surpresa com o desabafo.

Percorreu, pela turma, um sussurro rápido, como se o que eu tivesse feito pudesse se entendido como uma grande falta de respeito.

Tremi pensando na solenidade da expulsão, deveria ser como nos quartéis: me tirariam o laço azul-marinho do pescoço ao som de uma música triste.

Na verdade, eu não queria aquilo. Não queria ter faltado com o respeito, eu só queria uma chance para mostrar que não era, afinal, tão ruim assim.

Só que, dessa vez, não lutaria com conhecimentos profundos, nem com dedicação aos estudos, nem com cadernos caprichados, nem com trabalhos pontuais. Já tinha tentado com tudo isso, mas não dera certo e, agora, eram armas que eu não possuía.

Lutaria comigo mesma, com o que eu tinha de sentimento, com o que eu tinha de verdadeiramente eu.

Ela decidiu deixar e me tratou com uma voz de desafio:

– Muito bem, dona – disse num meio sorriso sarcástico. – A senhora pode começar.

– Eu vou começar, eu ah...

Todas as minhas colegas me olhavam em expectativa. Era como se o meu destino estivesse se resolvendo naquele momento. Era dez ou zero.

Stella e Beth trocavam segredinhos vitoriosos.

Respiração difícil, a asma. Meu rosto queimava e as minhas mãos estavam geladas. Dei a mão para mim mesma. Agora:

– Então? – ela insistiu.

É a mesma ruazinha sossegada
Com as mesmas rondas e as canções de outrora...
E os meus lindos pregões da madrugada.
Passam cantando ruazinha afora!

Minha voz tremia, mas eu sentia até um certo prazer na surpresa que tomava conta de cada rosto. Continuei, trêmula e pausadamente:

Mas parece que a luz está cansada...
E, não sei como, tudo tem, agora,
Essa tonalidade amarelada
Dos cartazes que o tempo descolora...

Sim, desses cartazes ante os quais
Nós às vezes paramos indecisos...
Mas para quê... Se não adiantam mais!...

Pobres cartazes por aí afora
Que inda anunciam: – ALEGRIA – RISOS
*Depois do circo já ter ido embora!...**

Foram minutos eternos feitos de palavras intermináveis. Todo mundo aplaudiu com entusiasmo mas, não satisfeita, ela me projetou, à traição, uma outra pergunta:

– Por que tu escolheste essa poesia?

Talvez devesse falar de rimas, de versos, de estrofes, de épocas, de nomes, de qualidades, de coisas que eu não sabia...

– Por que eu escolhi?

---

* Mário Quintana. É a mesma ruazinha sossegada. In: *Prosa e verso.* Porto Alegre: Globo, 1978. p. 3.

– Por quê?

– Acho que porque... sabe? Pode ser que, quando eu chegar em casa, isso também seja a minha rua e a minha vida... Acho até que, quando o circo for embora de lá, eu também vou ficar com essa tonalidade amarela, como os cartazes, como as bandeiras... Eu também acho que o amarelado seja, daqui a um tempo, o mais verdadeiro de tudo porque misturado à alegria e aos risos, depois, vai ter sempre uma ponta de tristeza que é a saudade – essa sensação de coisas e pessoas, e até da gente mesmo, que não voltam nunca mais.

Disse isso com tanta certeza e emoção que até cheguei a me impressionar com a certeza e emoção com que dissera.

Dessa vez, ninguém riu. Ririam depois, se dona Margarida dissesse que estava errado e ela não disse.

Seu olhar atravessou a janela, como se buscasse muito longe, de dentro de si mesma, uma lembrança escondida que a forçaria a aceitar a minha resposta.

Depois,

depois rabiscou ainda um pouco naquele caderno preto que me repugnava, levantou a cabeça, sorriu para mim e disse:

– Muito bem, foi muito bom, pode sentar. A propósito: o autor é Mário Quintana.

– Sim, senhora.

Fui sentar e, mesmo depois de já ter passado muito tempo, minhas pernas continuavam tremendo e meu coração disparado. A cólica, naquele dia, embaixo da barriga, estava mais forte.

•

Quando bateu para começar o recreio, ela me chamou, pediu que ficasse na sala mais um pouquinho.

Fui até sua mesa, mas fui diferente. Olhei-a dentro do olho e ela disse que havia um brilho diferente nos meus olhos.

– Não dormi bem esta noite – expliquei.

– Não, não é isso... – sorriu – ... talvez eu esteja enganada, mas de ti está surgindo um outro ser, uma moça... Tu sentes isso?

Não respondi. Vencera essa parte da guerra e o sabor não era de vitória, era muito mais completo: de conquista.

– Eu era assim como tu, exatamente assim, achava que podia e queria mudar o mundo com o meu silêncio, um silêncio feito de tumulto – disse pensativa. – O que se passa dentro dessa cabecinha, hem? Não queres me contar?

Continuei sem falar. Disse-lhe tudo com os olhos: queria que, um dia, sentássemos e falássemos. Assim: uma na frente da outra. Assim:

e queria que nos oferecêssemos as nossas próprias experiências: as minhas de começo, as dela de mulher madura, mas que em algum ponto do tempo tivessem sido e seriam comuns... Poderíamos falar do mundo de mistérios que é o mundo que ocupa nosso corpo e se entrega – convicto, sonhador, honesto e despudorado em sensações necessárias ao encanto de pertencer a alguém e aos prazeres conquistados como carne animal, pura e simples – e se multiplica buscando a continuação, por entre as pernas... Poderíamos falar dos segredos da nossa alma forte e frágil, vaidosa, feminina, curiosa e insegura, pronta a. A romper os cordões de isolamento e se lançar à ventura, à aventura de ser alguém total enquanto independente mas. Presa terna e eternamente presa aos cordões umbilicais expulsos na mais forte contração... Poderíamos, talvez, nos emprestar as nossas defesas e, então, nos fortalecer as nossas fraquezas. Poderíamos, talvez, rir de uma mesma pequena felicidade e até chorar de uma imensa tristeza comum... Seríamos, enfim, a confiança do saber da mão à espera quando caminhar sozinha fosse difícil. Não é isso a amizade? Não deveria ser assim a amizade quando despojada de todas as vaidades e competições e mentiras e orgulhos?

•

Começava a escolher o que queria de mim, na vida, queria ser por inteiro, em todos os sentimentos e sensações.

•

Como se tivesse entendido – e entendera, se fora igual – ela esticou a mão:

– Que tal sermos amigas, hem?

– Hum. Hum.

Trocamos um aperto de mão.

– Agora vai brincar, vai, amiga – disse num tom de emoção que quase lhe embargava a voz.

– Hum. Hum.

Sorri e saí correndo. Talvez mais porque precisava fugir e respirar lá fora antes que estourasse de felicidade e estouraria se soubesse que aquele era o modo de guardar o instante para sempre.

•

O brinquedo era pegador e não quis brincar. Fiquei no sol, encostada numa árvore, pensando em tudo o que me acontecera nesses últimos três dias e pensei que, quando dobrasse a esquina, eles viriam correndo – Maria da Glória, Celso, Elisa, Tonho e Inácio – viriam correndo, vermelhos, ofegantes e excitados, falando todos ao mesmo tempo:

– Eles conseguiram.

– O circo vai embora.

– A gente não pode fazer nada.

– Se desse para a gente fazer alguma coisa!

– Tudo por causa dela, aquela traidora.

– Judas. Eu disse que era Judas.

No meio deles pediria que falassem com calma, um de cada vez:

– O que aconteceu?

E eles diriam juntos o que, dentro de mim, eu já sabia:

– O circo vai embora.

– Já estão desmontando.

– Pô! Assim eu não entendo nada! – Ficaria braba.

Maria, então, falaria:

– Eles não tinham, mesmo, licença para ficar no estacionamento, não podiam ter armado o circo aqui porque não é lugar para isso.

– E se eles ficassem?

– Aí a dona Raquel ia chamar o fiscal da prefeitura e eles teriam que pagar uma multa e ir embora do mesmo jeito.

– Eles já estão arrumando tudo – diria Elisa numa resignação triste.

– É – confirmaria Inácio. – A mulher das pipocas até agradeceu e disse que não precisava mais da gente.

Eu, então, perguntaria pela velha, a do gorila, e ficaria surpresa com a resposta:

– Pois é ela mesma.

Teria vontade de rir, se fosse... eu a achando tão indefesa e ela comerciante, tão bem disposta, lutando com as armas que tinha pela sobrevivência.

Perguntaria pelo porteiro e eles diriam que estava lá de macacão vermelho, misturado aos outros, irreconhecível, desmontando tudo.

•

Agora sim, agora sim o que já me parecia indiferente começava a me incomodar.

De repente, tropeçava num "nunca mais" e nada me doía tanto quanto um nunca mais.

Tinha sido pouco o tempo, mas tempo suficiente para que eu sentisse: nunca mais o porteiro – nunca mais Lisette – nunca mais o circo. A ideia do nunca mais me era extremamente sofrida.

Tristes, emburrados, cada um pelos seus motivos, pela maneira como tínhamos, separadamente, vivido juntos aqueles dois dias de circo, ficaríamos sentados na borda da calçada.

Ficaríamos olhando de longe, como no primeiro dia. Mas. Pensei que dessa vez as formigas seriam devoradoras, desmanchariam tudo o que haviam construído, desmanchariam sem pena, como se fosse hábito. Para nunca mais.

•

Na manhã seguinte, na certa, seria acordada pelo mesmo barulho de caminhões e ferros que se buscariam, se bateriam, se afiariam e gemeriam. Um barulho que diminuiria até o silêncio total, até que o circo desaparecesse, para nunca mais, na esquina.

Depois...

depois a rua voltaria ao antes e o único movimento seria o do cavalo do português que a cruzaria calmamente, cansado, babando... e nós correríamos atrás da carroça, tentando roubar as vergamotas...

depois, quem tivesse que estudar, ia, quem tivesse que trabalhar, ia. Tonho e Inácio voltariam para o armazém, Maria para a lojinha,

Celso pegaria um emprego na estofaria da esquina e o estacionamento voltaria para nós.

Aí, as rampas seriam enfeitadas com as bandeiras e chapéus que haveriam de ficar pelo chão e, por muito tempo, as meninas disputariam o lugar da maravilhosa Miss Mérion, enquanto os meninos seriam trapezistas, domadores, ciclistas em acrobacias únicas, perigosas e fantásticas.

Eu?

Estaria de longe, olhando. Pensei que, um dia, viria uma vontade de ir e correr e brincar, mas viria também uma vontade de ficar assim: olhando. Eu e eu.

De repente me dei conta de como a fragilidade da gente é exatamente do tamanho do espaço que a gente ocupa. Eu queria que a minha força é que fosse, mas. Ela não é maior do que as minhas mãos e os meus pés.

Cheguei a pensar que a vida fosse tão pouco e que este isso, dentro de mim, é que ficava insistindo em querer mais, quando o mais era a própria vida.

Quantas vezes acordei sem desejar ter acordado? Quantas vezes dormi sem querer ter dormido?

•

Levantei a cabeça, sem querer, e por entre os galhos da árvore vi uma pequena fresta de céu.

Azul. É azul, pensei. Mas será que todo o mundo enxerga o mesmo azul que eu? Talvez fosse outra a cor ou fossem outras as cores que cada um aprendeu a chamar: azul.

Queria chamar A – Z – U – L como todos os outros.

Na amarelinha eu queria o céu e lutei por ele. Maria, Elisa, Tonho, Celso e Inácio queriam o céu e lutaram por ele. Agora, onde aquele nós?

Me consolava a ideia de que, em algum lugar, no tempo, nos reencontraríamos. Mas não hoje, hoje tateava as pessoas no escuro. Sob o sol cada uma é tantas! A verdade se reparte, sob o sol, e tudo o que eu queria era a verdade inteira e pensei que queria a nudez maior e o também de tudo na noite do fim do arco-íris.

Fazer o que com o meu corpo que se transforma todas as manhãs?

A verdade é que fora embora com o circo e ficara outra que ainda nem começara a conhecer.

•

Caminhei até a sala de aula e pedi para dona Margarida que me deixasse ir embora. Ela deixou.

Ela sabia, como minha mãe sabia e eu apenas pressentia, que nas minhas perguntas mudas, nas minhas dúvidas escondidas, no fiapo morno e vermelho que riscava a minha perna, começava a mulher.

A autora

Sempre ouvi dizer que nasci com pressa. Foi em Porto Alegre, numa segunda-feira, 5 de maio, às quinze para as oito da manhã, quase no corredor da maternidade. Talvez por isso eu esteja sempre pronta para alguma coisa, e essa coisa, eu sei, é viver, mas viver com intensidade, com emoção.

Minha infância foi muito boa, eu diria até: uma infância especial. Vivia numa ruazinha em que todos se conheciam, em que os pais cuidavam de todos os filhos e todos os filhos viviam de brincar juntos. Havia brigas também, é claro! – eu era bem brigona–, mas havia uma amizade muito grande e, no minuto seguinte, a gente se dava conta disso.

A adolescência foi um pouco mais tumultuada. Aprontei poucas (ou muitas) e (sempre) boas. Nessa época, estudava em regime integral no Instituto de Educação, entrava no colégio às sete e meia da manhã e só saía às seis e meia da tarde. Tinha, lá, um grupo de teatro e eu fazia parte dele. Mas, aos 12, 13 anos, era muito magra, muito alta e muito feia – meu apelido era Belém-Brasília, igual à estrada eu era comprida, reta e mal-acabada – e, porque era assim, nunca conseguia o papel de rainha ou de princesa. Era sempre Joãozinho, Pedrinho e, quando tinha bicho, era girafa (e eu odiava ser girafa!). Então, eu pensava, um dia vou escrever uma peça e vou ser a personagem que quiser ser.

Escrevi, mas isso já foi depois, no Colégio Júlio de Castilhos, onde fiz o clássico. E – cá entre nós, a peça não era boa, não –, cá entre nós, de novo, ver as minhas personagens vivas, na minha frente, me emocionou tanto que me deu uma vontade danada de ser escritora. Eu acho que foi aí que tudo começou.

Fui fazer o curso de Letras na UFRGS. Isso foi na década de 1970. Aliás, muita coisa aconteceu na minha vida na década de 1970: comecei a publicar meus contos em jornais e suplementos literários, fui *miss* Porto Alegre, conheci o Tuti, a gente se casou e teve dois filhos, o Cristiano e a Fernanda, fiz o mestrado...

Meu primeiro livro é de 1981, *Batalha naval*, um livro de contos. Meu primeiro infantojuvenil, que me rendeu o prêmio Jabuti, foi justamente *A cor do azul*, de 1984. (*Um time muito especial* também me deu dois prêmios muito importantes: o Tibicuera e Livro do Ano, em 1993.)

Mas, voltando aos anos 1980; nessa época, eu trabalhava numa escola pública, a Roque Gonzáles, fui professora e depois diretora eleita. Gostei mais de ser professora, porque gosto de gente e, das gentes, gosto da adolescência, da sensibilidade à flor da pele, das descobertas, da inquietação, da "bagunça" mesmo. E, é óbvio, continuei escrevendo. Já publicava em jornais e revistas nacionais e internacionais.

No início dos anos 1990, resolvi dar uma virada na minha vida profissional. Fiz doutorado e prestei concurso para a Universidade Federal do Rio Grande do Sul, onde dou aulas, até hoje, para a graduação e para a pós-graduação.

No mais, acho que nasci para algumas coisas bem definidas: para ser mãe e para amar as pessoas e a literatura. No mais, de novo, meu avô Quincas sempre dizia uma coisa importante: "Se homem fez, Quincas faz". Acredito nisso e vou fazendo.

Entrevista

A cor do azul narra o medo, a curiosidade e a ansiedade que acompanham esta fase de grande transformação da vida de todos nós: a puberdade. Vamos saber como a autora Jane Tutikian concebe e se relaciona com sua obra?

VOCÊ GOSTA DE DAR ENTREVISTAS OU ACHA QUE A OBRA DEVE SE EXPLICAR POR SI MESMA?

• Eu acho que a obra – toda obra – deve se explicar por si mesma, mas também acho que a entrevista pode ser uma ponte para que o leitor chegue à obra, fique sabendo da sua existência e, aí, eu gosto, sim, de dar entrevistas.

EM *A COR DO AZUL*, VOCÊ FAZ UMA REFERÊNCIA AO LIVRO *MÚSICA AO LONGE*, DE ÉRICO VERÍSSIMO. PODEMOS DIZER QUE O CONFLITO DOS DOIS LIVROS É O MESMO. VOCÊ SE INSPIROU NESSA OBRA DE ÉRICO VERÍSSIMO PARA ESCREVER A SUA?

• *Música ao longe* foi um livro que marcou profundamente a minha adolescência e, se a gente sempre carrega consigo as emoções experimentadas, acho que posso dizer que, como tantos outros que li, o livro do Érico me inspirou, sim.

Em seu livro, você também menciona um poema do Mário Quintana. Esse poema, de alguma forma, lhe serviu de inspiração ou é apenas uma referência?

• Mário Quintana, o poeta do cotidiano, o poeta das coisas simples, do humor dos "quintanares", mais do que uma referência, foi e continua sendo uma grande paixão.

Você gosta de escrever romances? Por quê?

• Gosto! Acho mais fácil, por exemplo, do que escrever um conto. O conto me aprisiona, porque tem que obedecer a determinadas regras de estrutura. O romance, ao contrário, me liberta, e nada mais fantástico do que criar! Sentir a personagem ganhar vida própria, crescer durante a obra, revelar coisas que para o próprio escritor eram ainda desconhecidas! É o máximo! Sobretudo, quando o mundo é um mundo adolescente! Aí, escrever um romance se torna um misto de diversão e de emoção.

Em que medida você colocou sua própria experiência de adolescente neste romance?

• Não vivi a experiência que a menina de *A cor do azul* viveu, não tive um circo que viesse se instalar na minha rua, mas ela tem a mesma inquietação, a mesma busca de respostas, a mesma vontade de saber o que é a vida que eu tinha aos 12, 13 anos. Na verdade, e eu já disse isso, há sempre um tom de memória em todos os meus textos. Não que os tenha vivido biograficamente, eu os vivo emocionalmente, e como! Rio com as alegrias das minhas personagens e sofro com a sua tristeza, e, nesse sentido, eu sempre sou elas; mas, ainda que tragam as minhas verdades mais essenciais e mais íntimas, elas não são eu.

Em sua opinião, mulheres e homens têm um jeito diferente de escrever?

• Não acredito em um jeito diferente de escrever, acredito em um jeito diferente de ver o mundo, em sensibilidades diferentes, apenas isso.

Com este livro, você ganhou o prêmio Jabuti de Literatura Juvenil, em 1984. Esse acontecimento foi importante em sua vida?

• Ganhei muitos prêmios depois do Jabuti, mas esse foi e continua sendo importante na minha vida porque é o maior prêmio da literatura brasileira e porque foi dado ao livro que escrevi com mais emoção. Ele ainda hoje me emociona! Depois de vinte anos de estrada, quando olho para trás e me pergunto que livro eu gostaria de ter escrito, não tenho a menor dúvida: gostaria de ter escrito *A cor do azul*.

Por dentro do texto

Enredo

1. O livro é dividido em sete capítulos, cujos títulos enunciam e resumem o conteúdo. Para recapitular a sequência da narrativa, associe-os às principais ideias ou acontecimentos neles desenvolvidos:

(1) "Invasores vermelhos"	( ) A narradora começa a se ver de outra maneira.
(2) "A certeza do sonho"	( ) A narradora se decepciona com a realidade do circo.
(3) "O grande dia"	( ) A narradora não consegue pensar em nada além do circo.
(4) "De pato a cisne"	( ) A narradora consegue dizer o que pensa na aula.
(5) "O novo grande dia"	( ) O olhar do porteiro deixa a narradora perturbada.
(6) "Atrás do sol"	( ) Os moradores da rua temem pelo futuro de suas casas.
(7) "A cor do azul"	( ) A narradora faz descobertas sobre o sexo.

2. Os adultos que moravam na rua ficaram satisfeitos com a notícia da chegada do circo porque perceberam que não se tratava de desapropriação, portanto, não haveria mudança em seu cotidiano. As crianças também ficaram felizes, mas exatamente pelo motivo contrário. Explique a reação das crianças.

Produção de textos

•

13. Na página 75, a narradora fala sobre o espetáculo do circo: "Era bonito sim, eu achava, mas achava tão bonito quanto achava bonito o meu sapato apertado que, realmente, era bonito".

a) Reflita e discuta com seus colegas sobre essa afirmativa.

b) Elabore uma crônica, contando uma decepção real ou imaginária. Construa o texto como se fosse para uma revista semanal, que tem uma seção cujo nome é "A minha primeira vez" e que trata da primeira decepção. Dê ênfase à sensação da expectativa, à idealização do acontecimento, da coisa ou da pessoa, e à sensação de desilusão.

c) Leia o texto de seus colegas e permita que eles leiam o seu. Depois, comentem os textos.

14. Assista ao filme *O circo*, de Charles Chaplin, e escreva um comentário sobre ele.

Atividades complementares

•

(Sugestões para História e Ética)

15. Vamos fazer uma pesquisa sobre a história do circo? Inclua perguntas como estas:

- Qual a origem do circo?
- Qual foi o primeiro circo a chegar ao Brasil e quando isso aconteceu?

- Qual a "época de ouro" do circo?
- E hoje, qual a situação do circo?
- Quem são as pessoas que trabalham no circo?
- Há muitas crianças no circo? O trabalho delas é permitido? Como elas ensaiam? Como fazem para estudar?

16. Leões, elefantes e outros bichos vêm sendo a grande atração dos circos ao longo dos tempos. No entanto, são inúmeras as denúncias de maus-tratos e tortura aos animais em espetáculos no mundo todo:

Confinados em jaulas ou amarrados, sem poder se locomover, os animais tornam-se estressados e deprimidos. É por isso que os elefantes fazem movimento de balanço e os tigres e leões andam de um lado para outro atrás das grades. Os truques são memorizados com castigos, que, muitas vezes, incluem privá-los de alimentação. "Quando os elefantes não fazem o movimento certo, recebem uma chicotada ou um choque elétrico. Puxados pela tromba, orelhas ou pernas traseiras, eles são amarrados a correntes e surrados. Para evitar o sofrimento, eles "obedecem" ao domador [...].

(Disponível em:
http://www.webanimal.com.br/cao/arca_circo.htm)

Aqui no Brasil, por exemplo, há uma campanha para que seja proibido o uso de animais nos espetáculos. Faça uma pesquisa sobre isso e partilhe o que descobriu com seus colegas.

Atual Editora

ENTRE LINHAS COTIDIANO

A cor do azul

Jane Tutikian

Suplemento de leitura

Em *A cor do azul*, uma garota de treze anos narra a turbulenta passagem de menina para mulher. Como cenário, uma rua pobre, em uma cidade qualquer. A narradora-personagem faz parte de um grupo de seis pré-adolescentes que esperam ansiosos a chegada do circo que vai se instalar num estacionamento, seu lugar de brincadeiras. Porém, o que seria um momento mágico no cotidiano de uma criança transforma-se num símbolo de mudança: o primeiro olhar, o primeiro amor, as dúvidas, as descobertas...

Elisa: ______

______

Inácio: ______

______

6. Na página 52, há uma passagem que diz o seguinte: "Tem outra coisa também: mãe é sempre feliz junto com a gente, já notei isso, é como se mãe não precisasse de uma felicidade pessoal, só dela, bastava a minha felicidade para nós duas".

a) O que se pode depreender da personagem da mãe da narradora, a partir dessa passagem?

______

______

b) Você concorda com o pensamento expresso nessa passagem?

______

7. No início do livro, a narradora-personagem diz que é possuidora de duas grandes armas: a ingenuidade e a franqueza.

a) Você concorda com ela, isto é, acha que ela é mesmo ingênua e franca? Justifique.

______

______

______

______

b) Na sua opinião, por que ela chama essas duas características de "armas"?

______

______

______

8. A narradora-personagem não tem nome. Na sua opinião, que efeito isso provoca no livro?

Espaço e tempo

9. A ação se passa em uma cidade que não foi definida, mas a rua onde as personagens moram é descrita com detalhes. Como ela é?

10. A história apresenta uma sequência cronológica dos fatos, mas está entremeada de narrações do passado, reflexões sobre o futuro, devaneios. Dê exemplos do texto que mostrem isso.

Linguagem

11. O livro está repleto de metáforas.

a) O que é metáfora?

b) Dê dois exemplos de metáfora presentes no livro.

12. A autora utiliza uma linguagem muito especial, rompendo com algumas regras de pontuação, o que permite que o texto fique formalmente mais atraente. Dê exemplos disso.

3. Subitamente, a narradora-personagem começa a ter alguns problemas: não quer ir à escola, quando vai não presta atenção à aula, esquece de fazer o dever de casa, etc. Por que está acontecendo isso com ela?

4. Na página 30, a narradora-personagem lê durante a aula um trecho do livro de estreia do escritor Érico Veríssimo, *Música ao longe*. Em sua opinião, qual a relação entre os sentimentos expressos nesse trecho e os vividos pela personagem-narradora?

Personagens

5. Caracterize os companheiros da narradora-personagem:

Tonho:

Celso:

Maria da Glória: